I0743815

The Time Machine
La máquina del tiempo

H. G. Wells

The Time Machine
La máquina del tiempo

Texto paralelo bilingüe
Bilingual edition

Ingles - Español
English - Spanish

texto en español, traducido del inglés por Guillermo Tirelli

Rosetta Edu

Título original: *The Time Machine*

Primera publicación: 1895

© 2022, Guillermo Tirelli, por la traducción al español.
All rights reserved
Quedan prohibidos, dentro de los límites establecidos en la ley y
bajo los apercibimientos legalmente provistos, la reproducción
total o parcial de esta obra por cualquier medio o procedimiento, ya
sea electrónico o mecánico, el tratamiento informático, el alquiler o
cualquier otra forma de cesión de la obra sin la autorización previa
y por escrito de los titulares del *copyright*.

Primera edición: Diciembre 2022

Publicado por Rosetta Edu
Londres, Diciembre 2022
www.rosettaedu.com

ISBN: 978-1-915088-25-3

Rosetta Edu
Ediciones bilingües

Páginas enfrentadas

Páginas enfrentadas de la traducción y texto original en libros impresos.

Párrafos alineados en libros impresos

En libros impresos, los párrafos alineados entre los dos idiomas facilitan la comparación y la comprensión, ahorrando la necesidad de referirse constantemente al diccionario.

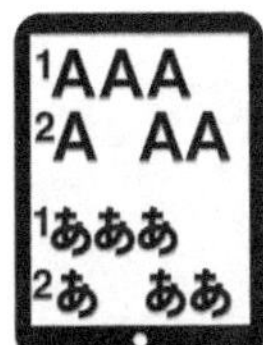

Párrafos enlazados en libros electrónicos

En libros electrónicos la comparación y la comprensión son facilitadas por citas al pie colocadas al principio de cada párrafo enlazando el texto en el idioma original y su traducción.

Integridad y fidelidad

Traducciones íntegras, fieles y no abreviadas del texto original.

Cuidado del vocabulario

Traducciones especiales para ediciones bilingües, con especial cuidado por la hegemonía de vocabulario utilizando glosarios en el proceso de traducción.

Contexto educativo

Ediciones enfocadas a estudiantes intermedios y avanzados del idioma original del texto en libros coleccionables y aptos para el contexto educativo.

INDICE

I – INTRODUCTION

The Time Traveller (for so it will be convenient to speak of him) was expounding a recondite matter to us. His grey eyes shone and twinkled, and his usually pale face was flushed and animated. The fire burnt brightly, and the soft radiance of the incandescent lights in the lilies of silver caught the bubbles that flashed and passed in our glasses. Our chairs, being his patents, embraced and caressed us rather than submitted to be sat upon, and there was that luxurious after-dinner atmosphere, when thought runs gracefully free of the trammels of precision. And he put it to us in this—way marking the points with a lean forefinger—as we sat and lazily admired his earnestness over this new paradox (as we thought it) and his fecundity.

«You must follow me carefully. I shall have to controvert one or two ideas that are almost universally accepted. The geometry, for instance, they taught you at school is founded on a misconception.»

«Is not that rather a large thing to expect us to begin upon?» said Filby, an argumentative person with red hair.

«I do not mean to ask you to accept anything without reasonable ground for it. You will soon admit as much as I need from you. You know of course that a mathematical line, a line of thickness *nil*, has no real existence. They taught you that? Neither has a mathematical plane. These things are mere abstractions.»

«That is all right,» said the Psychologist. «Nor, having only length, breadth, and thickness, can a cube have a real existence.»

«There I object,» said Filby. «Of course a solid body may exist. All real things———»

«So most people think. But wait a moment. Can an *instantaneous* cube exist?»

«Don't follow you,» said Filby.

«Can a cube that does not last for any time at all, have a real exis-

I — INTRODUCCIÓN

El Viajero del Tiempo (porque así será conveniente hablar de él) nos estaba exponiendo un asunto recóndito. Sus ojos grises brillaban y centelleaban, y su rostro, habitualmente pálido, se mostraba sonrojado y animado. El fuego ardía con fuerza, y el suave resplandor de las luces incandescentes de los lirios de plata captaba las burbujas que parpadeaban y pasaban por nuestras copas. Nuestras sillas, creación suya, nos abrazaban y acariciaban en lugar de someterse a ser sentadas, y había esa lujosa atmósfera de sobremesa, donde el pensamiento corre con gracia, libre de las trabas de la precisión. Y él nos lo planteó así —marcando los puntos con un magro dedo índice—, mientras nos sentábamos y admirábamos perezosamente su seriedad ante esta nueva paradoja (tal como la pensábamos) y su fecundidad.

«Deben seguirme con atención. Tendré que contradecir una o dos ideas que son casi universalmente aceptadas. La geometría, por ejemplo, que les enseñaron en la escuela se basa en un concepto erróneo».

«¿No es eso algo exagerado para esperar que empecemos por allí?», dijo Filby, pelirrojo y siempre dispuesto a discutir.

«No pretendo pedirles que acepten nada sin una base razonable para ello. Pronto admitirán todo lo que sea necesario. Saben, por supuesto, que una línea matemática, una línea de espesor *nulo*, no tiene existencia real. ¿Se lo han enseñado? Tampoco la tiene un plano matemático. Estas cosas son meras abstracciones».

«Eso está bien», dijo el Psicólogo. «Tampoco, teniendo sólo longitud, anchura y grosor, puede un cubo tener una existencia real».

«Ahí me opongo», dijo Filby. «Por supuesto que un cuerpo sólido puede existir. Todas las cosas reales...».

«Eso es lo que piensa la mayoría de la gente. Pero esperen un momento. ¿Puede existir un cubo *instantáneo*?».

«No lo sigo», dijo Filby.

«¿Puede un cubo que no dura nada, tener una existencia real?».

tence?»

Filby became pensive. «Clearly,» the Time Traveller proceeded, «any real body must have extension in *four* directions: it must have Length, Breadth, Thickness, and—Duration. But through a natural infirmity of the flesh, which I will explain to you in a moment, we incline to overlook this fact. There are really four dimensions, three which we call the three planes of Space, and a fourth, Time. There is, however, a tendency to draw an unreal distinction between the former three dimensions and the latter, because it happens that our consciousness moves intermittently in one direction along the latter from the beginning to the end of our lives.»

«That,» said a very young man, making spasmodic efforts to relight his cigar over the lamp; «that . . . very clear indeed.»

«Now, it is very remarkable that this is so extensively overlooked,» continued the Time Traveller, with a slight accession of cheerfulness. «Really this is what is meant by the Fourth Dimension, though some people who talk about the Fourth Dimension do not know they mean it. It is only another way of looking at Time. *There is no diffe-rence between Time and any of the three dimensions of Space except that our consciousness moves along it.* But some foolish people have got hold of the wrong side of that idea. You have all heard what they have to say about this Fourth Dimension?»

«*I* have not,» said the Provincial Mayor.

«It is simply this. That Space, as our mathematicians have it, is spoken of as having three dimensions, which one may call Length, Breadth, and Thickness, and is always definable by reference to three planes, each at right angles to the others. But some philosophi-cal people have been asking why *three* dimensions particularly—why not another direction at right angles to the other three?—and have even tried to construct a Four-Dimensional geometry. Professor Si-mon Newcomb was expounding this to the New York Mathematical Society only a month or so ago. You know how on a flat surface, which has only two dimensions, we can represent a figure of a three-dimen-sional solid, and similarly they think that by models of three dimen-sions they could represent one of four—if they could master the pers-

Filby se quedó pensativo. «Evidentemente», continuó el Viajero del Tiempo, «cualquier cuerpo real debe tener extensión en *cuatro* direcciones: debe tener Longitud, Anchura, Grosor y... Duración. Pero por una enfermedad natural de la carne, que les explicaré en un momento, nos inclinamos a pasar por alto este hecho. Hay realmente cuatro dimensiones: tres, que llamamos los tres planos del Espacio, y una cuarta, el Tiempo. Sin embargo, se tiende a establecer una distinción irreal entre las tres primeras dimensiones y la última porque ocurre que nuestra conciencia se mueve intermitentemente en una dirección a lo largo de esta última desde el principio hasta el final de nuestra vida».

«Eso», dijo un hombre muy joven, haciendo esfuerzos espasmódicos para volver a encender su cigarro sobre la lámpara; «eso... muy claro».

«Ahora bien, es muy notable que esto se pase tan claramente por alto», continuó el Viajero del Tiempo, con un ligero acceso de alegría. «En realidad, esto es lo que se entiende por la Cuarta Dimensión, aunque algunas personas que hablan de la Cuarta Dimensión no saben que se refieren a ella. Es sólo otra forma de ver el Tiempo. *No hay ninguna diferencia entre el Tiempo y cualquiera de las tres dimensiones del Espacio, excepto que nuestra conciencia se mueve a lo largo de él.* Pero algunos insensatos se han apoderado del lado equivocado de esa idea. Todos ustedes han oído lo que ellos tienen que decir sobre esta Cuarta Dimensión».

«*Yo* no lo he hecho», dijo el Gobernador.

«Es simplemente esto. Que el espacio, tal y como lo entienden nuestros matemáticos, tiene tres dimensiones, que podemos llamar Longitud, Anchura y Grosor, y es siempre definible por referencia a tres planos, cada uno de ellos en ángulo recto con los otros. Pero algunos filósofos se han preguntado por qué *tres* dimensiones en particular —¿por qué no otra dirección en ángulo recto con las otras tres?— e incluso han tratado de construir una geometría de Cuatro Dimensiones. El Profesor Simon Newcomb lo expuso ante la Sociedad Matemática de New York hace apenas un mes. Ya saben que en una superficie plana, que sólo tiene dos dimensiones, podemos representar una figura de un sólido tridimensional, y de la misma manera piensan que con modelos de tres dimensiones podrían representar uno de cuatro, si dominan la pers-

pective of the thing. See?»

«I think so,» murmured the Provincial Mayor; and, knitting his brows, he lapsed into an introspective state, his lips moving as one who repeats mystic words. «Yes, I think I see it now,» he said after some time, brightening in a quite transitory manner.

«Well, I do not mind telling you I have been at work upon this geometry of Four Dimensions for some time. Some of my results are curious. For instance, here is a portrait of a man at eight years old, another at fifteen, another at seventeen, another at twenty-three, and so on. All these are evidently sections, as it were, Three-Dimensional representations of his Four-Dimensioned being, which is a fixed and unalterable thing.»

«Scientific people,» proceeded the Time Traveller, after the pause required for the proper assimilation of this, «know very well that Time is only a kind of Space. Here is a popular scientific diagram, a weather record. This line I trace with my finger shows the movement of the barometer. Yesterday it was so high, yesterday night it fell, then this morning it rose again, and so gently upward to here. Surely the mercury did not trace this line in any of the dimensions of Space generally recognized? But certainly it traced such a line, and that line, therefore, we must conclude was along the Time-Dimension.»

«But,» said the Medical Man, staring hard at a coal in the fire, «if Time is really only a fourth dimension of Space, why is it, and why has it always been, regarded as something different? And why cannot we move in Time as we move about in the other dimensions of Space?»

The Time Traveller smiled. «Are you so sure we can move freely in Space? Right and left we can go, backward and forward freely enough, and men always have done so. I admit we move freely in two dimensions. But how about up and down? Gravitation limits us there.»

«Not exactly,» said the Medical Man. «There are balloons.»

pectiva de la cosa. ¿Ahora lo ve?».

«Creo que sí», murmuró el Gobernador; y, frunciendo las cejas, se sumió en un estado introspectivo, moviendo los labios como quien repite palabras místicas. «Sí, creo que ahora lo veo», dijo al cabo de un rato, iluminándose de forma bastante transitoria.

«Bueno, no me molesta decirles que he estado trabajando en esta geometría de las Cuatro Dimensiones durante algún tiempo. Algunos de mis resultados son curiosos. Por ejemplo, aquí hay un retrato de un hombre a los ocho años, otro a los quince, otro a los diecisiete, otro a los veintitrés, y así sucesivamente. Todos ellos son evidentemente secciones, por así decirlo, representaciones tridimensionales de su ser Tetradimensional, que es una cosa fija e inalterable».

«Los científicos», prosiguió el Viajero del Tiempo, después de la pausa necesaria para asimilarlo adecuadamente, «saben muy bien que el Tiempo es sólo una especie de Espacio. He aquí un diagrama de divulgación científica, un registro meteorológico. Esta línea que trazo con el dedo muestra el movimiento del barómetro. Ayer estaba muy alto, ayer por la noche bajó, luego esta mañana volvió a subir, y de allí suavemente hasta aquí. Seguramente el mercurio no trazó esta línea en ninguna de las dimensiones del Espacio generalmente reconocidas. Pero ciertamente trazó tal línea, y esa línea, por lo tanto, debemos concluir que fue a lo largo de la Dimensión del Tiempo».

«Pero», dijo el Médico, mirando fijamente un carbón en el fuego, «si el Tiempo es realmente sólo una cuarta dimensión del Espacio, ¿por qué es, y por qué siempre ha sido, considerado como algo diferente? ¿Y por qué no podemos movernos en el Tiempo como nos movemos en las otras dimensiones del Espacio?».

El Viajero del Tiempo sonrió. «¿Está tan seguro de que podemos movernos libremente por el espacio? Podemos ir a la derecha y a la izquierda, hacia atrás y hacia delante con suficiente libertad, y los hombres siempre lo han hecho. Admito que nos movemos libremente en dos dimensiones. ¿Pero qué hay de arriba y abajo? La gravitación nos limita en ese punto».

«No exactamente», dijo el Médico. «Hay globos aerostáticos».

«But before the balloons, save for spasmodic jumping and the inequalities of the surface, man had no freedom of vertical movement.»

«Still they could move a little up and down,» said the Medical Man.

«Easier, far easier down than up.»

«And you cannot move at all in Time, you cannot get away from the present moment.»

«My dear sir, that is just where you are wrong. That is just where the whole world has gone wrong. We are always getting away from the present moment. Our mental existences, which are immaterial and have no dimensions, are passing along the Time-Dimension with a uniform velocity from the cradle to the grave. Just as we should travel *down* if we began our existence fifty miles above the earth's surface.»

«But the great difficulty is this,» interrupted the Psychologist. «You *can* move about in all directions of Space, but you cannot move about in Time.»

«That is the germ of my great discovery. But you are wrong to say that we cannot move about in Time. For instance, if I am recalling an incident very vividly I go back to the instant of its occurrence: I become absent-minded, as you say. I jump back for a moment. Of course we have no means of staying back for any length of Time, any more than a savage or an animal has of staying six feet above the ground. But a civilised man is better off than the savage in this respect. He can go up against gravitation in a balloon, and why should he not hope that ultimately he may be able to stop or accelerate his drift along the Time-Dimension, or even turn about and travel the other way?»

«Oh, *this*,» began Filby, «is all——»

«Why not?» said the Time Traveller.

«Pero antes de los globos, salvo los saltos espasmódicos y las desigualdades de la superficie, el hombre no tenía libertad de movimiento vertical».

«Aun así, podían moverse un poco hacia arriba y hacia abajo», dijo el Médico.

«Más fácil, mucho más fácil hacia abajo que hacia arriba».

«Y uno no puede moverse en absoluto en el Tiempo, no puede alejarse del momento presente».

«Mi querido señor, ahí es donde se equivoca. Ahí es donde el mundo entero se ha equivocado. Siempre nos estamos alejando del momento presente. Nuestras existencias mentales, que son inmateriales y no tienen dimensiones, están pasando a lo largo de la Dimensión del Tiempo con una velocidad uniforme desde la cuna hasta la tumba. De la misma manera que deberíamos viajar *hacia abajo* si comenzáramos nuestra existencia a cincuenta millas por encima de la superficie de la tierra».

«Pero la gran dificultad es ésta», interrumpió el Psicólogo. «Puede moverse en todas las direcciones del Espacio, pero no puede moverse en el Tiempo».

«Ese es el germen de mi gran descubrimiento. Pero se equivoca al decir que no podemos movernos en el tiempo. Por ejemplo, si estoy recordando un incidente muy vívidamente, vuelvo al instante en que ocurrió: me abstraigo, como se dice. Salto hacia atrás por un momento. Por supuesto, no tenemos ningún medio de permanecer atrás durante un período de tiempo, al igual que un salvaje o un animal no puede permanecer a seis pies del suelo. Pero el hombre civilizado se encuentra en mejor situación que el salvaje en este aspecto. Puede ir contra la gravitación en un globo, y ¿por qué no va a esperar que, en última instancia, pueda detener o acelerar su deriva a lo largo de la Dimensión del Tiempo, o incluso dar la vuelta y viajar en sentido contrario?».

«Pero *eso*», comenzó Filby, «es todo...».

«¿Por qué no?», dijo el Viajero del Tiempo.

«It's against reason,» said Filby.

«What reason?» said the Time Traveller.

«You can show black is white by argument,» said Filby, «but you will never convince me.»

«Possibly not,» said the Time Traveller. «But now you begin to see the object of my investigations into the geometry of Four Dimensions. Long ago I had a vague inkling of a machine——»

«To travel through Time!» exclaimed the Very Young Man.

«That shall travel indifferently in any direction of Space and Time, as the driver determines.»

Filby contented himself with laughter.

«But I have experimental verification,» said the Time Traveller.

«It would be remarkably convenient for the historian,» the Psychologist suggested. «One might travel back and verify the accepted account of the Battle of Hastings, for instance!»

«Don't you think you would attract attention?» said the Medical Man. «Our ancestors had no great tolerance for anachronisms.»

«One might get one's Greek from the very lips of Homer and Plato,» the Very Young Man thought.

«In which case they would certainly plough you for the Little-go. The German scholars have improved Greek so much.»

«Then there is the future,» said the Very Young Man. «Just think! One might invest all one's money, leave it to accumulate at interest, and hurry on ahead!»

«To discover a society,» said I, «erected on a strictly communistic

«Va en contra de la razón», dijo Filby.

«¿Qué razón?», dijo el Viajero del Tiempo.

«Puede demostrar que lo negro es blanco con argumentos», dijo Filby, «pero nunca me convencerá».

«Posiblemente no», dijo el Viajero del Tiempo. «Pero ahora empieza usted a ver el objeto de mis investigaciones sobre la geometría de las Cuatro Dimensiones. Hace mucho tiempo tuve un vago presentimiento de una máquina...».

«¡Para viajar por el Tiempo!», exclamó el Hombre Muy Joven.

«Que podría viajar indistintamente en cualquier dirección del Espacio y del Tiempo, según determine el conductor».

Filby se contentó con reírse.

«Pero tengo una verificación experimental», dijo el Viajero del Tiempo.

«Algo así sería muy conveniente para los historiadores», sugirió el Psicólogo. «Uno podría viajar al pasado y verificar el relato comúnmente aceptado de la Batalla de Hastings, por ejemplo».

«¿No cree que llamaría la atención?», dijo el Médico. «Nuestros antepasados no toleraban mucho los anacronismos».

«Uno podría aprender griego de los propios labios de Homero y Platón», pensó el Hombre Muy Joven.

«En cuyo caso, ciertamente, lo sacarían del curso inmediatamente. Los eruditos alemanes han mejorado mucho el griego».

«Luego está el futuro», dijo el Hombre Muy Joven. «¡Piensen! Uno podría invertir todo su dinero, dejar que se acumule con intereses, ¡y darse prisa y avanzar!».

«Para descubrir una sociedad», dije yo, «erigida sobre una base es-

basis.»

«Of all the wild extravagant theories!» began the Psychologist.

«Yes, so it seemed to me, and so I never talked of it until——»

«Experimental verification!» cried I. «You are going to verify *that*?»

«The experiment!» cried Filby, who was getting brain-weary.

«Let's see your experiment anyhow,» said the Psychologist, «though it's all humbug, you know.»

The Time Traveller smiled round at us. Then, still smiling faintly, and with his hands deep in his trousers pockets, he walked slowly out of the room, and we heard his slippers shuffling down the long passage to his laboratory.

The Psychologist looked at us. «I wonder what he's got?»

«Some sleight-of-hand trick or other,» said the Medical Man, and Filby tried to tell us about a conjuror he had seen at Burslem, but before he had finished his preface the Time Traveller came back, and Filby's anecdote collapsed.

trictamente comunista».

«¡De todas las teorías extravagantes y salvajes...!», comenzó el Psicólogo.

«Sí, eso me parecía a mí, y por eso nunca hablé de ello hasta que...».

«¡Verificación experimental!», grité. «¿Usted va a verificar *eso*?».

«¡El experimento!», gritó Filby, que se estaba cansando mentalmente.

«Veamos su experimento de todos modos», dijo el Psicólogo, «aunque todo es una patraña, ya saben».

El Viajero del Tiempo nos sonrió. Luego, todavía con una débil sonrisa y con las manos metidas en los bolsillos del pantalón, salió lentamente de la habitación y oímos el ruido de su calzado por el largo pasillo que conducía a su laboratorio.

El Psicólogo nos miró. «Me pregunto qué traerá».

«Algún truco de prestidigitación o algo así», dijo el Médico, y Filby empezó a contarnos sobre un prestidigitador que había visto en Burslem, pero antes de que terminara su preámbulo volvió el Viajero del Tiempo, y la anécdota de Filby se desmoronó.

II — THE MACHINE

The thing the Time Traveller held in his hand was a glittering metallic framework, scarcely larger than a small clock, and very delicately made. There was ivory in it, and some transparent crystalline substance. And now I must be explicit, for this that follows—unless his explanation is to be accepted—is an absolutely unaccountable thing. He took one of the small octagonal tables that were scattered about the room, and set it in front of the fire, with two legs on the hearthrug. On this table he placed the mechanism. Then he drew up a chair, and sat down. The only other object on the table was a small shaded lamp, the bright light of which fell upon the model. There were also perhaps a dozen candles about, two in brass candlesticks upon the mantel and several in sconces, so that the room was brilliantly illuminated. I sat in a low arm-chair nearest the fire, and I drew this forward so as to be almost between the Time Traveller and the fireplace. Filby sat behind him, looking over his shoulder. The Medical Man and the Provincial Mayor watched him in profile from the right, the Psychologist from the left. The Very Young Man stood behind the Psychologist. We were all on the alert. It appears incredible to me that any kind of trick, however subtly conceived and however adroitly done, could have been played upon us under these conditions.

The Time Traveller looked at us, and then at the mechanism. «Well?» said the Psychologist.

«This little affair,» said the Time Traveller, resting his elbows upon the table and pressing his hands together above the apparatus, «is only a model. It is my plan for a machine to travel through time. You will notice that it looks singularly askew, and that there is an odd twinkling appearance about this bar, as though it was in some way unreal.» He pointed to the part with his finger. «Also, here is one little white lever, and here is another.»

The Medical Man got up out of his chair and peered into the thing. «It's beautifully made,» he said.

«It took two years to make,» retorted the Time Traveller. Then, when we had all imitated the action of the Medical Man, he said:

Lo que el Viajero del Tiempo tenía en la mano era un brillante armazón metálico, apenas más grande que un pequeño reloj, y muy delicadamente fabricado. Había marfil en él, y alguna sustancia cristalina transparente. Y ahora debo ser explícito, porque lo que sigue —a menos que se acepte su explicación— es algo absolutamente incomprensible. Él tomó una de las mesitas octogonales que había esparcidas por la habitación y la colocó frente a la chimenea, con dos patas sobre la alfombra del hogar. Sobre esta mesa colocó el mecanismo. Luego acercó una silla y se sentó. El único otro objeto que había sobre la mesa era una pequeña lámpara con pantalla, cuya brillante luz caía sobre el modelo. Había también una docena de velas, dos en candelabros de bronce sobre la chimenea y varias en apliques, de modo que la habitación estaba brillantemente iluminada. Me senté en un sillón bajo, el más cercano al fuego, y lo adelanté para situarme casi entre el Viajero del Tiempo y la chimenea. Filby se sentó detrás de él, mirando por encima del hombro. El Médico y el Gobernador le observaban de perfil desde la derecha, el Psicólogo desde la izquierda. El Hombre Muy Joven se situó detrás del Psicólogo. Todos estábamos alerta. Me parece increíble que cualquier tipo de truco, por muy sutilmente concebido y por muy hábilmente realizado, haya podido jugar con nosotros en estas condiciones.

El Viajero del Tiempo nos miró, y luego miró al mecanismo. «¿Y bien?», dijo el Psicólogo.

«Este pequeño asunto», dijo el Viajero del Tiempo, apoyando los codos sobre la mesa y apretando las manos sobre el aparato, «es sólo un modelo. Es mi proyecto de máquina para viajar en el tiempo. Notarán que tiene un aspecto singularmente torcido, y que esta barra tiene un extraño aspecto parpadeante, como si fuera de algún modo irreal». Señaló la pieza con el dedo. «Además, aquí hay una pequeña palanca blanca, y aquí hay otra».

El Médico se levantó de su silla y miró dentro de la cosa. «Está magníficamente hecho», dijo.

«Tardó dos años en hacerse», replicó el Viajero del Tiempo. Luego, cuando todos habíamos imitado la acción del Médico, dijo, «ahora quie-

«Now I want you clearly to understand that this lever, being pressed over, sends the machine gliding into the future, and this other reverses the motion. This saddle represents the seat of a time traveller. Presently I am going to press the lever, and off the machine will go. It will vanish, pass into future Time, and disappear. Have a good look at the thing. Look at the table too, and satisfy yourselves there is no trickery. I don't want to waste this model, and then be told I'm a quack.»

There was a minute's pause perhaps. The Psychologist seemed about to speak to me, but changed his mind. Then the Time Traveller put forth his finger towards the lever. «No,» he said suddenly. «Lend me your hand.» And turning to the Psychologist, he took that individual's hand in his own and told him to put out his forefinger. So that it was the Psychologist himself who sent forth the model Time Machine on its interminable voyage. We all saw the lever turn. I am absolutely certain there was no trickery. There was a breath of wind, and the lamp flame jumped. One of the candles on the mantel was blown out, and the little machine suddenly swung round, became indistinct, was seen as a ghost for a second perhaps, as an eddy of faintly glittering brass and ivory; and it was gone—vanished! Save for the lamp the table was bare.

Everyone was silent for a minute. Then Filby said he was damned.

The Psychologist recovered from his stupor, and suddenly looked under the table. At that the Time Traveller laughed cheerfully. «Well?» he said, with a reminiscence of the Psychologist. Then, getting up, he went to the tobacco jar on the mantel, and with his back to us began to fill his pipe.

We stared at each other. «Look here,» said the Medical Man, «are you in earnest about this? Do you seriously believe that that machine has travelled into time?»

«Certainly,» said the Time Traveller, stooping to light a spill at the fire. Then he turned, lighting his pipe, to look at the Psychologist's face. (The Psychologist, to show that he was not unhinged, helped himself to a cigar and tried to light it uncut.) «What is more, I have a big machine nearly finished in there»—he indicated the laborato-

ro que entiendan claramente que esta palanca, al ser presionada, envía la máquina hacia el futuro y esta otra invierte el movimiento. Esta silla representa la butaca de un viajero del tiempo. En este momento voy a presionar la palanca, y la máquina se irá. Se desvanecerá, pasará al Tiempo futuro y desaparecerá. Miren bien la cosa. Miren también la mesa y asegúrense de que no hay ningún truco. No quiero desperdiciar este modelo y que luego me digan que soy un charlatán».

Hubo una pausa de un minuto quizás. El Psicólogo parecía estar a punto de hablarme, pero cambió de opinión. Entonces el Viajero del Tiempo levantó el dedo dirigido a la palanca. «No», dijo de repente. «Déme su mano». Y volviéndose hacia el Psicólogo, tomó la mano de ese individuo entre las suyas y le dijo que extendiera el dedo índice. Así que fue el propio Psicólogo quien envió el modelo de Máquina del Tiempo en su interminable viaje. Todos vimos el giro de la palanca. Estoy absolutamente seguro de que no hubo ningún truco. Hubo un soplo de viento y la llama de la lámpara saltó. Una de las velas sobre la chimenea se apagó, y la pequeña máquina giró de repente, se volvió indistinta, se vio como un fantasma durante un segundo quizás, como un remolino de bronce y marfil que brillaba débilmente; y desapareció... ¡desapareció! Salvo la lámpara, la mesa estaba vacía.

Todos guardaron silencio durante un minuto. A continuación Filby profirió una maldición.

El Psicólogo se recuperó de su estupor y miró de repente debajo de la mesa. Ante esto, el Viajero del Tiempo se rió alegremente. «¿Y bien?», dijo, imitando al Psicólogo. Luego, levantándose, se dirigió al pote de tabaco sobre la chimenea y, de espaldas a nosotros, comenzó a llenar su pipa.

Nos miramos fijamente. «Mire», dijo el Médico, «¿habla en serio de esto? ¿Cree seriamente que esa máquina ha viajado en el tiempo?».

«Desde luego», dijo el Viajero del Tiempo, agachándose para encender una cerilla en el fuego. Luego se volvió, encendiendo su pipa, para mirar la cara del Psicólogo. (El Psicólogo, para demostrar que no estaba desquiciado, se sirvió un cigarro y trató de encenderlo sin cortar). «Es más, tengo una gran máquina casi terminada ahí dentro», señaló el la-

ry—»and when that is put together I mean to have a journey on my own account.»

«You mean to say that that machine has travelled into the future?» said Filby.

«Into the future or the past—I don't, for certain, know which.»

After an interval the Psychologist had an inspiration. «It must have gone into the past if it has gone anywhere,» he said.

«Why?» said the Time Traveller.

«Because I presume that it has not moved in space, and if it travelled into the future it would still be here all this time, since it must have travelled through this time.»

«But,» said I, «If it travelled into the past it would have been visible when we came first into this room; and last Thursday when we were here; and the Thursday before that; and so forth!»

«Serious objections,» remarked the Provincial Mayor, with an air of impartiality, turning towards the Time Traveller.

«Not a bit,» said the Time Traveller, and, to the Psychologist: «You think. *You* can explain that. It's presentation below the threshold, you know, diluted presentation.»

«Of course,» said the Psychologist, and reassured us. «That's a simple point of psychology. I should have thought of it. It's plain enough, and helps the paradox delightfully. We cannot see it, nor can we appreciate this machine, any more than we can the spoke of a wheel spinning, or a bullet flying through the air. If it is travelling through time fifty times or a hundred times faster than we are, if it gets through a minute while we get through a second, the impression it creates will of course be only one-fiftieth or one-hundredth of what it would make if it were not travelling in time. That's plain enough.» He passed his hand through the space in which the machine had been. «You see?» he said, laughing.

boratorio, «y cuando esté armada pienso hacer un viaje por mi cuenta».

«¿Quiere decir que esa máquina ha viajado al futuro?», dijo Filby.

«Al futuro o al pasado, no sé con certeza cuál de los dos».

Tras un intervalo, el Psicólogo tuvo una inspiración. «Debe de haber ido al pasado, si es que ha ido a alguna parte», dijo.

«¿Por qué?», dijo el Viajero del Tiempo.

«Porque supongo que no se ha movido en el espacio, y si viajara al futuro seguiría aquí todo este tiempo, ya que debe haber viajado por este tiempo».

«Pero», dije yo, «si viajara al pasado habría sido visible hoy, cuando entramos por primera vez en esta habitación; y el jueves pasado cuando estuvimos aquí; y el jueves anterior; y así sucesivamente».

«Serias objeciones», comentó el Gobernador, con aire de imparcialidad, volviéndose hacia el Viajero del Tiempo.

«Para nada», dijo el Viajero del Tiempo, y, al Psicólogo: «Usted cree eso. *Usted* puede explicarlo. Es la representación por debajo del umbral de la representación, ya sabe, la representación diluida».

«Por supuesto», dijo el Psicólogo, y nos tranquilizó. «Es una simple cuestión de psicología. Debería haber pensado en ello. Es bastante sencillo, y ayuda deliciosamente a la paradoja. No podemos verlo, ni apreciar esta máquina, como tampoco podemos ver el radio de una rueda girando, o una bala volando por el aire. Si viaja a través del tiempo cincuenta o cien veces más rápido que nosotros, si recorre en un minuto lo que para nosotros es un segundo, la impresión que crea será, por supuesto, sólo una quincuagésima o una centésima parte de la que causaría si no viajara en el tiempo. Eso es bastante claro». Pasó la mano por el espacio en el que había estado la máquina. «¿Lo ven?», dijo, riendo.

We sat and stared at the vacant table for a minute or so. Then the Time Traveller asked us what we thought of it all.

«It sounds plausible enough tonight,» said the Medical Man; «but wait until tomorrow. Wait for the common sense of the morning.»

«Would you like to see the Time Machine itself?» asked the Time Traveller. And therewith, taking the lamp in his hand, he led the way down the long, draughty corridor to his laboratory. I remember vividly the flickering light, his queer, broad head in silhouette, the dance of the shadows, how we all followed him, puzzled but incredulous, and how there in the laboratory we beheld a larger edition of the little mechanism which we had seen vanish from before our eyes. Parts were of nickel, parts of ivory, parts had certainly been filed or sawn out of rock crystal. The thing was generally complete, but the twisted crystalline bars lay unfinished upon the bench beside some sheets of drawings, and I took one up for a better look at it. Quartz it seemed to be.

«Look here,» said the Medical Man, «are you perfectly serious? Or is this a trick—like that ghost you showed us last Christmas?»

«Upon that machine,» said the Time Traveller, holding the lamp aloft, «I intend to explore time. Is that plain? I was never more serious in my life.»

None of us quite knew how to take it.

I caught Filby's eye over the shoulder of the Medical Man, and he winked at me solemnly.

Nos sentamos y nos quedamos mirando la mesa vacía durante unos minutos. Entonces el Viajero del Tiempo nos preguntó qué pensábamos de todo aquello.

«Suena bastante plausible esta noche», dijo el Médico; «pero esperen hasta mañana. Esperen al sentido común de la mañana».

«¿Les gustaría ver la propia Máquina del Tiempo?», preguntó el Viajero del Tiempo. Y con ello, tomando la lámpara en la mano, nos condujo por el largo y ventilado pasillo hasta su laboratorio. Recuerdo vívidamente la luz parpadeante, su extraña y ancha cabeza en silueta, el baile de las sombras, cómo le seguimos todos, desconcertados pero incrédulos, y cómo allí, en el laboratorio, contemplamos una edición más grande del pequeño mecanismo que habíamos visto desaparecer ante nuestros ojos. Algunas partes eran de níquel, otras de marfil, otras habían sido sin duda limadas o aserradas en cristal de roca. En general, la cosa estaba completa, pero las barras cristalinas retorcidas yacían sin terminar sobre el banco, junto a unas hojas de dibujo, y tomé una para verla mejor. Parecía ser cuarzo.

«Mire», dijo el Médico, «¿habla usted perfectamente en serio? ¿O se trata de un truco... como el del fantasma que nos mostró la Navidad pasada?».

«En esa máquina», dijo el Viajero del Tiempo, sosteniendo la lámpara en alto, «pretendo explorar el tiempo. ¿Está claro? Nunca fui más serio en mi vida».

Ninguno de nosotros sabía cómo tomarlo.

Vi la mirada de Filby por encima del hombro del Médico, y me guiñó un ojo solemnemente.

I think that at that time none of us quite believed in the Time Machine. The fact is, the Time Traveller was one of those men who are too clever to be believed: you never felt that you saw all round him; you always suspected some subtle reserve, some ingenuity in ambush, behind his lucid frankness. Had Filby shown the model and explained the matter in the Time Traveller's words, we should have shown *him* far less scepticism. For we should have perceived his motives: a pork-butcher could understand Filby. But the Time Traveller had more than a touch of whim among his elements, and we distrusted him. Things that would have made the fame of a less clever man seemed tricks in his hands. It is a mistake to do things too easily. The serious people who took him seriously never felt quite sure of his deportment; they were somehow aware that trusting their reputations for judgment with him was like furnishing a nursery with eggshell china. So I don't think any of us said very much about time travelling in the interval between that Thursday and the next, though its odd potentialities ran, no doubt, in most of our minds: its plausibility, that is, its practical incredibleness, the curious possibilities of anachronism and of utter confusion it suggested. For my own part, I was particularly preoccupied with the trick of the model. That I remember discussing with the Medical Man, whom I met on Friday at the Linnæan. He said he had seen a similar thing at Tübingen, and laid considerable stress on the blowing-out of the candle. But how the trick was done he could not explain.

The next Thursday I went again to Richmond—I suppose I was one of the Time Traveller's most constant guests—and, arriving late, found four or five men already assembled in his drawing-room. The Medical Man was standing before the fire with a sheet of paper in one hand and his watch in the other. I looked round for the Time Traveller, and—«It's half-past seven now,» said the Medical Man. «I suppose we'd better have dinner?»

«Where's ——?» said I, naming our host.

«You've just come? It's rather odd. He's unavoidably detained. He

Creo que en aquella época ninguno de nosotros creía del todo en la Máquina del Tiempo. El hecho es que el Viajero del Tiempo era uno de esas personas que son demasiado inteligentes como para ser creídos: uno nunca tenía la sensación de haberlo conocido completamente; siempre sospechaba alguna sutil reserva, algún ingenio agazapado detrás de su lúcida franqueza. Si Filby hubiera mostrado el modelo y explicado el asunto con las palabras del Viajero del Tiempo, le habríamos mostrado mucho menos escepticismo *a él*. Porque habríamos percibido sus motivos: un carnicero podría entender a Filby. Pero el Viajero del Tiempo tenía algo más que un toque de capricho entre sus características, y desconfiamos de él. Hechos que habrían tornado famoso a un hombre menos inteligente parecían trucos en sus manos. Es un error hacer las cosas con demasiada facilidad. Las personas serias, las que le tomaban en serio, nunca se sentían muy seguras de su comportamiento; de alguna manera eran conscientes de que confiar su reputación de juicio a él era como amueblar una guardería con porcelana china. Así que no creo que ninguno de nosotros hablara mucho sobre los viajes en el tiempo en el intervalo entre aquel jueves y el siguiente, aunque sus extrañas potencialidades rondaban, sin duda, en la mente de la mayoría de nosotros: su plausibilidad, es decir, su incredibilidad práctica, las curiosas posibilidades de anacronismo y de confusión absoluta que sugería. Por mi parte, estaba particularmente preocupado por el truco del modelo. Recuerdo haber discutido esto con el médico, con quien me encontré el viernes en el Linnæan. Dijo que había visto una cosa similar en Tubinga, y puso mucho énfasis en el soplado de la vela. Pero no pudo explicar cómo se hizo el truco.

El jueves siguiente fui de nuevo a Richmond —supongo que era uno de los invitados más constantes del Viajero del Tiempo— y, habiendo llegado tarde, encontré a cuatro o cinco hombres ya reunidos en su salón. El Médico estaba de pie ante el fuego con una hoja de papel en una mano y su reloj en la otra. Miré a mi alrededor en busca del Viajero del Tiempo, y... «Ya son las siete y media», dijo el Médico. «Supongo que será mejor que cenemos».

«¿Dónde está...?», dije, nombrando a nuestro anfitrión.

«¿Acaba usted de llegar? Es bastante extraño. Él está inevitablemente

asks me in this note to lead off with dinner at seven if he's not back. Says he'll explain when he comes.»

«It seems a pity to let the dinner spoil,» said the Editor of a well-known daily paper; and thereupon the Doctor rang the bell.

The Psychologist was the only person besides the Doctor and myself who had attended the previous dinner. The other men were Blank, the Editor aforementioned, a certain journalist, and another—a quiet, shy man with a beard—whom I didn't know, and who, as far as my observation went, never opened his mouth all the evening. There was some speculation at the dinner-table about the Time Traveller's absence, and I suggested time travelling, in a half-jocular spirit. The Editor wanted that explained to him, and the Psychologist volunteered a wooden account of the «ingenious paradox and trick» we had witnessed that day week. He was in the midst of his exposition when the door from the corridor opened slowly and without noise. I was facing the door, and saw it first. «Hallo!» I said. «At last!» And the door opened wider, and the Time Traveller stood before us. I gave a cry of surprise. «Good heavens! man, what's the matter?» cried the Medical Man, who saw him next. And the whole tableful turned towards the door.

He was in an amazing plight. His coat was dusty and dirty, and smeared with green down the sleeves; his hair disordered, and as it seemed to me greyer—either with dust and dirt or because its colour had actually faded. His face was ghastly pale; his chin had a brown cut on it—a cut half-healed; his expression was haggard and drawn, as by intense suffering. For a moment he hesitated in the doorway, as if he had been dazzled by the light. Then he came into the room. He walked with just such a limp as I have seen in footsore tramps. We stared at him in silence, expecting him to speak.

He said not a word, but came painfully to the table, and made a motion towards the wine. The Editor filled a glass of champagne, and pushed it towards him. He drained it, and it seemed to do him good: for he looked round the table, and the ghost of his old smile flickered across his face. «What on earth have you been up to, man?» said the Doctor. The Time Traveller did not seem to hear. «Don't let me disturb you,» he said,

retenido. Me pide en esta nota que comience con la cena a las siete si no vuelve. Dice que él lo explicará todo cuando llegue».

«Es una lástima que se estropee la cena», dijo el Editor de un conocido diario; y en ese momento el Doctor tocó la campanilla.

El Psicólogo era la única persona, además del Doctor y de mí, que había asistido a la cena anterior. Los otros hombres eran Blank, el Editor antes mencionado, un cierto periodista y otro —un hombre callado y tímido con barba— a quien no conocía y que, por lo que observé, no abrió la boca en toda la velada. En la mesa se especuló sobre la ausencia del Viajero del Tiempo, y yo sugerí un viaje en el tiempo, con un espíritu medio jocoso. El Editor quiso que se le explicara, y el Psicólogo se ofreció a hacer un relato escueto de la «ingeniosa paradoja y truco» que habíamos presenciado ese mismo día de la semana, la semana anterior. Estaba en medio de su exposición cuando la puerta del pasillo se abrió lentamente y sin ruido. Yo estaba de frente a la puerta y lo vi primero. «¡Hola!», dije. «¡Por fin!». Y la puerta se abrió más, y el Viajero del Tiempo se plantó ante nosotros. Di un grito de sorpresa. «¡Cielo santo! Amigo, ¿qué pasa?», gritó el Médico, que fue el siguiente en verlo. Y toda la mesa se volvió hacia la puerta.

Él estaba en un estado sorprendente. Su abrigo estaba polvoriento y sucio, y manchado de verde en las mangas; su pelo desordenado y, según me pareció, más gris, ya sea por el polvo y la suciedad o porque su color se había desvanecido. Su rostro estaba espantosamente pálido; su barbilla tenía un corte amarronado, un corte a medio curar; su expresión era demacrada y estirada, como por un intenso sufrimiento. Por un momento vaciló en la puerta, como si le hubiera deslumbrado la luz. Luego entró en la habitación. Caminaba con una cojera como la que he visto en los vagabundos doloridos. Lo miramos en silencio, esperando que hablara.

No dijo ni una palabra, pero se acercó penosamente a la mesa e hizo un gesto hacia el vino. El Editor llenó una copa de champagne y se la acercó. Se la bebió y pareció que le sentó bien, porque miró a la mesa y el fantasma de su antigua sonrisa se dibujó en su rostro. «¿Qué diablos has estado haciendo, amigo?», dijo el Doctor. El Viajero del Tiempo no pareció escuchar. «No permitan que los disturbe mi aspecto», dijo,

with a certain faltering articulation. «I'm all right.» He stopped, held out his glass for more, and took it off at a draught. «That's good,» he said. His eyes grew brighter, and a faint colour came into his cheeks. His glance flickered over our faces with a certain dull approval, and then went round the warm and comfortable room. Then he spoke again, still as it were feeling his way among his words. «I'm going to wash and dress, and then I'll come down and explain things.... Save me some of that mutton. I'm starving for a bit of meat.»

He looked across at the Editor, who was a rare visitor, and hoped he was all right. The Editor began a question. «Tell you presently,» said the Time Traveller. «I'm—funny! Be all right in a minute.»

He put down his glass, and walked towards the staircase door. Again I remarked his lameness and the soft padding sound of his footfall, and standing up in my place, I saw his feet as he went out. He had nothing on them but a pair of tattered, blood-stained socks. Then the door closed upon him. I had half a mind to follow, till I remembered how he detested any fuss about himself. For a minute, perhaps, my mind was wool-gathering. Then, «Remarkable Behaviour of an Eminent Scientist,» I heard the Editor say, thinking (after his wont) in headlines. And this brought my attention back to the bright dinner-table.

«What's the game?» said the Journalist. «Has he been doing the Amateur Cadger? I don't follow.» I met the eye of the Psychologist, and read my own interpretation in his face. I thought of the Time Traveller limping painfully upstairs. I don't think anyone else had noticed his lameness.

The first to recover completely from this surprise was the Medical Man, who rang the bell—the Time Traveller hated to have servants waiting at dinner—for a hot plate. At that the Editor turned to his knife and fork with a grunt, and the Silent Man followed suit. The dinner was resumed. Conversation was exclamatory for a little while with gaps of wonderment; and then the Editor got fervent in his curiosity. «Does our friend eke out his modest income with a crossing? or has he his Nebuchadnezzar phases?» he inquired. «I feel assured it's this business of the Time Machine,» I said, and took up the Psychologist's account of our previous meeting. The new guests were frankly incredulous. The Editor raised objections. «What *was* this time travelling? A man couldn't

con cierta articulación vacilante. «Estoy bien». Se detuvo, alargó su copa para que le dieran más, y en un trago la bebió. «Así está mejor», dijo. Sus ojos se volvieron más brillantes y un tenue color apareció en sus mejillas. Su mirada pasó por nuestros rostros con una cierta aprobación sorda, y luego recorrió la cálida y confortable habitación. Luego volvió a hablar, como si estuviera tanteando el terreno entre sus palabras. «Voy a lavarme y vestirme, y luego bajaré a explicar las cosas... Guárdenme un poco de ese cordero. Me muero de hambre por un poco de carne».

Miró al Editor, que era un visitante poco habitual, y deseó que estuviera bien. El Editor comenzó una pregunta. «Se lo diré en un momento», dijo el Viajero del Tiempo. «¡Me siento... raro! Estaré bien en un minuto».

Dejó la copa y se dirigió hacia la puerta de la escalera. Volví a notar su cojera y el suave sonido acolchado de sus pisadas, y poniéndome de pie en mi lugar, vi sus pies mientras salía. No llevaba nada más que un par de calcetines andrajosos y manchados de sangre. Entonces la puerta se cerró sobre él. Estuve a punto de seguirlo, hasta que recordé cómo detestaba cualquier alboroto sobre sí mismo. Durante un minuto, tal vez, mi mente se puso a pensar en el asunto. Luego... oí decir al Editor: «Comportamiento notable de un científico eminente», pensando, según su costumbre, en los titulares. Y esto me devolvió la atención a la brillante mesa de la cena.

«¿A qué juega?», dijo el Periodista. «¿Ha estado haciendo de Cadete Aficionado? No lo entiendo». Me encontré con la mirada del Psicólogo, y leí mi propia interpretación en su rostro. Pensé en el Viajero del Tiempo cojeando penosamente escaleras arriba. Creo que nadie más había notado su cojera.

El primero en recuperarse completamente de esta sorpresa fue el Médico, que hizo sonar la campanilla —el Viajero del Tiempo odiaba tener creados sirviendo la cena— para pedir un plato caliente. Al oírlo, el Editor volvió a su cuchillo y tenedor con un gruñido, y el Hombre Silencioso hizo lo mismo. La cena se reanudó. La conversación mantuvo un tono de exclamaciones durante un rato con lagunas de asombro; y luego el Editor manifestó una curiosidad ferviente. «¿Nuestro amigo se gana la vida cruzando personas por el río o tiene sus fases de Nabucodonosor?», preguntó. «Estoy seguro de que se trata de este asunto de la Máquina del Tiempo», dije, y retomé el relato del Psicólogo sobre nuestro anterior encuentro. Los nuevos invitados se mostraron francamente incrédulos. El Editor planteó

cover himself with dust by rolling in a paradox, could he?» And then, as the idea came home to him, he resorted to caricature. Hadn't they any clothes-brushes in the Future? The Journalist too, would not believe at any price, and joined the Editor in the easy work of heaping ridicule on the whole thing. They were both the new kind of journalist—very joyous, irreverent young men. «Our Special Correspondent in the Day after To-morrow reports,» the Journalist was saying—or rather shouting—when the Time Traveller came back. He was dressed in ordinary evening clothes, and nothing save his haggard look remained of the change that had startled me.

«I say,» said the Editor hilariously, «these chaps here say you have been travelling into the middle of next week! Tell us all about little Rosebery, will you? What will you take for the lot?»

The Time Traveller came to the place reserved for him without a word. He smiled quietly, in his old way. «Where's my mutton?» he said. «What a treat it is to stick a fork into meat again!»

«Story!» cried the Editor.

«Story be damned!» said the Time Traveller. «I want something to eat. I won't say a word until I get some peptone into my arteries. Thanks. And the salt.»

«One word,» said I. «Have you been time travelling?»

«Yes,» said the Time Traveller, with his mouth full, nodding his head.

«I'd give a shilling a line for a verbatim note,» said the Editor. The Time Traveller pushed his glass towards the Silent Man and rang it with his fingernail; at which the Silent Man, who had been staring at his face, started convulsively, and poured him wine. The rest of the dinner was uncomfortable. For my own part, sudden questions kept on rising to my lips, and I dare say it was the same with the others. The Journalist tried to relieve the tension by telling anecdotes of Hettie Potter. The Time Traveller devoted his attention to his dinner, and displayed the appetite of a tramp. The Medical Man smoked a cigarette, and watched the Time

sus objeciones. «¿Qué *era eso* de viajar en el tiempo? Un hombre no podría cubrirse de polvo rodando en una paradoja, ¿verdad?». Y entonces, cuando se le ocurrió la idea, recurrió a la caricatura. ¿No había cepillos para la ropa en el Futuro? El Periodista tampoco quiso creer bajo ningún concepto, y se unió al Editor en la fácil tarea de ridiculizar todo el asunto. Ambos pertenecían al nuevo tipo de periodista: jóvenes muy alegres e irreverentes. «Nuestro corresponsal especial informa desde Pasado Mañana…», decía —o más bien gritaba— el Periodista cuando el Viajero del Tiempo regresó. Llevaba un traje de noche normal y nada, salvo su aspecto ojeroso, quedaba del cambio que me había sorprendido.

«Digo», dijo el Editor con tono hilarante, «¡estos compañeros de aquí dicen que usted ha estado viajando hasta la mitad de la próxima semana! Cuéntenos qué pasa en el asunto político del pequeño Rosebery, ¿quiere? ¿Cuánto quiere para contarnos todo?».

El Viajero del Tiempo se llegó al lugar reservado para él sin decir nada. Sonrió tranquilamente, a su antigua manera. «¿Dónde está mi cordero?», dijo. «¡Qué placer es volver a clavar un tenedor en la carne!».

«¡Una historia!», gritó el Editor.

«¡Maldita sea su historia!», dijo el Viajero del Tiempo. «Quiero comer algo. No diré ni una palabra hasta que me llegue algo de peptona a las arterias. Gracias. Y la sal».

«Una palabra sola», dije yo. «¿Ha estado viajando en el tiempo?».

«Sí», dijo el Viajero del Tiempo, con la boca llena, asintiendo con la cabeza.

«Daría un chelín por línea por una nota textual», dijo el Editor. El Viajero del Tiempo empujó su vaso hacia el Hombre Silencioso y lo hizo sonar con la uña; ante lo cual el Hombre Silencioso, que había estado mirando su cara, se sobresaltó convulsivamente, y le sirvió vino. El resto de la cena fue incómodo. Por mi parte, las preguntas repentinas no dejaban de surgir en mis labios, y me atrevo a decir que a los demás les ocurría lo mismo. El Periodista intentó aliviar la tensión contando anécdotas de Hettie Potter. El Viajero del Tiempo dedicó su atención a su cena, y mostró el apetito de un vagabundo. El Médico fumaba un cigarrillo y observaba al Viajero del

Traveller through his eyelashes. The Silent Man seemed even more clumsy than usual, and drank champagne with regularity and determination out of sheer nervousness. At last the Time Traveller pushed his plate away, and looked round us. «I suppose I must apologise,» he said. «I was simply starving. I've had a most amazing time.» He reached out his hand for a cigar, and cut the end. «But come into the smoking-room. It's too long a story to tell over greasy plates.» And ringing the bell in passing, he led the way into the adjoining room.

«You have told Blank, and Dash, and Chose about the machine?» he said to me, leaning back in his easy-chair and naming the three new guests.

«But the thing's a mere paradox,» said the Editor.

«I can't argue tonight. I don't mind telling you the story, but I can't argue. I will,» he went on, «tell you the story of what has happened to me, if you like, but you must refrain from interruptions. I want to tell it. Badly. Most of it will sound like lying. So be it! It's true—every word of it, all the same. I was in my laboratory at four o'clock, and since then ... I've lived eight days ... such days as no human being ever lived before! I'm nearly worn out, but I shan't sleep till I've told this thing over to you. Then I shall go to bed. But no interruptions! Is it agreed?»

«Agreed,» said the Editor, and the rest of us echoed «Agreed.» And with that the Time Traveller began his story as I have set it forth. He sat back in his chair at first, and spoke like a weary man. Afterwards he got more animated. In writing it down I feel with only too much keenness the inadequacy of pen and ink—and, above all, my own inadequacy—to express its quality. You read, I will suppose, attentively enough; but you cannot see the speaker's white, sincere face in the bright circle of the little lamp, nor hear the intonation of his voice. You cannot know how his expression followed the turns of his story! Most of us hearers were in shadow, for the candles in the smoking-room had not been lighted, and only the face of the Journalist and the legs of the Silent Man from the knees downward were illuminated. At first we glanced now and again at each other. After a time we ceased to do that, and looked only at the Time Traveller's face.

Tiempo a través de sus pestañas. El Hombre Silencioso parecía aún más torpe que de costumbre, y bebía champagne con regularidad y determinación, de puro nerviosismo. Por fin, el Viajero del Tiempo apartó su plato y miró a nuestro alrededor. «Supongo que debo disculparme», dijo. «Simplemente me estaba muriendo de hambre. He pasado un tiempo increíble». Extendió la mano para coger un cigarro y cortó la punta. «Pero pasen a la sala de fumadores. Es una historia demasiado larga para contarla sobre platos grasientos». Y haciendo sonar la campanilla al pasar, indicó el camino hacia la sala contigua.

«¿Le ha contado a Blank, a Dash y a Chose lo de la máquina?», me dijo, recostándose en su sillón y nombrando a los tres nuevos invitados.

«Pero la cosa es una mera paradoja», dijo el Editor.

«No puedo discutir esta noche. No me importa contarles la historia, pero no puedo discutir. Les contaré», continuó, «la historia de lo que me ha sucedido, si quieren, pero deben abstenerse de interrumpirme. Quiero contarla. Con mucho empeño. La mayor parte sonará a mentira. Pues que así sea. Es verdad, cada palabra, de todos modos. Estaba en mi laboratorio a las cuatro, y desde entonces... he vivido ocho días... ¡días como ningún ser humano ha vivido antes! Estoy casi agotado, pero no voy a dormir hasta que les haya contado todo esto. Entonces me iré a la cama. ¡Pero sin interrupciones! ¿Están de acuerdo?».

«De acuerdo», dijo el Editor, y los demás hicimos eco diciendo «de acuerdo». Y con eso el Viajero del Tiempo comenzó su historia tal y como la he expuesto a continuación. Al principio se sentó en su silla y habló como un hombre cansado. Después se animó más. Al escribirla, siento con demasiada agudeza la insuficiencia de la pluma y la tinta —y, sobre todo, mi propia insuficiencia— para expresar su calidad. Supongo que usted lee con suficiente atención, pero no puede ver el rostro blanco y sincero del orador en el círculo brillante de la pequeña lámpara, ni oír la entonación de su voz. No puede saber cómo su expresión seguía los giros de su historia. La mayoría de los oyentes estábamos en la sombra, pues las velas de la sala de fumadores no estaban encendidas, y sólo estaban iluminados el rostro del Periodista y las piernas del Hombre Silencioso desde las rodillas hacia abajo. Al principio nos mirábamos de vez en cuando. Al cabo de un tiempo dejamos de hacerlo y sólo miramos el rostro del Viajero del Tiempo.

«I told some of you last Thursday of the principles of the Time Machine, and showed you the actual thing itself, incomplete in the workshop. There it is now, a little travel-worn, truly; and one of the ivory bars is cracked, and a brass rail bent; but the rest of it's sound enough. I expected to finish it on Friday; but on Friday, when the putting together was nearly done, I found that one of the nickel bars was exactly one inch too short, and this I had to get remade; so that the thing was not complete until this morning. It was at ten o'clock to-day that the first of all Time Machines began its career. I gave it a last tap, tried all the screws again, put one more drop of oil on the quartz rod, and sat myself in the saddle. I suppose a suicide who holds a pistol to his skull feels much the same wonder at what will come next as I felt then. I took the starting lever in one hand and the stopping one in the other, pressed the first, and almost immediately the second. I seemed to reel; I felt a nightmare sensation of falling; and, looking round, I saw the laboratory exactly as before. Had anything happened? For a moment I suspected that my intellect had tricked me. Then I noted the clock. A moment before, as it seemed, it had stood at a minute or so past ten; now it was nearly half-past three!

«I drew a breath, set my teeth, gripped the starting lever with both hands, and went off with a thud. The laboratory got hazy and went dark. Mrs. Watchett came in and walked, apparently without seeing me, towards the garden door. I suppose it took her a minute or so to traverse the place, but to me she seemed to shoot across the room like a rocket. I pressed the lever over to its extreme position. The night came like the turning out of a lamp, and in another moment came tomorrow. The laboratory grew faint and hazy, then fainter and ever fainter. To-morrow night came black, then day again, night again, day again, faster and faster still. An eddying murmur filled my ears, and a strange, dumb confusedness descended on my mind.

«I am afraid I cannot convey the peculiar sensations of time travelling. They are excessively unpleasant. There is a feeling exactly like that one has upon a switchback—of a helpless headlong motion! I felt the same horrible anticipation, too, of an imminent smash. As I put on pace, night

«El jueves pasado les hablé a algunos de ustedes de los principios de la Máquina del Tiempo, y les mostré el propio aparato, incompleto en el taller. Ahí está ahora, un poco desgastado por el viaje, en verdad; y una de las barras de marfil está agrietada, y una barra de bronce doblada; pero el resto está bastante bien. Esperaba terminarla el viernes, pero el viernes, cuando el montaje estaba casi terminado, descubrí que una de las barras de níquel era exactamente una pulgada más corta, y tuve que mandarla rehacer, de modo que la cosa no estuvo completa hasta esta mañana. Fue a las diez de la mañana cuando la primera de todas las Máquinas del Tiempo comenzó su carrera. Le di los últimos retoques, ajusté de nuevo todos los tornillos, puse una gota más de aceite en la varilla de cuarzo y me senté en la butaca. Supongo que un suicida que sostiene una pistola en su cráneo siente el mismo asombro por lo que vendrá después. Tomé la palanca de arranque en una mano y la de parada en la otra, pulsé la primera y casi inmediatamente la segunda. Me pareció que me tambaleaba; tuve una sensación de pesadilla al caer; y, al mirar a mi alrededor, vi el laboratorio exactamente igual que antes. ¿Había pasado algo? Por un momento sospeché que mi intelecto me había engañado. Entonces me fijé en el reloj. Un momento antes, según parecía, había marcado las diez y un minuto; ¡ahora eran casi las tres y media!

«Tomé aire, apreté los dientes, agarré la palanca de arranque con ambas manos y salí disparado. El laboratorio se volvió brumoso y se oscureció. La señora Watchett entró y caminó, aparentemente sin verme, hacia la puerta del jardín. Supongo que tardó más o menos un minuto en atravesar el lugar, pero a mí me pareció que salía disparada por la habitación como un cohete. Accioné la palanca hasta su posición extrema. La noche llegó como si se apagara una lámpara, y al momento siguiente llegó el día después. El laboratorio se volvió tenue y brumoso, luego cada vez más y más tenue. Al día siguiente le siguió la noche negra, luego el día, la noche otra vez, el día otra vez, cada vez más rápido. Un murmullo que se arremolinaba en mis oídos, y una extraña y muda confusión se apoderó de mi mente.

«Me temo que no puedo transmitir las peculiares sensaciones del viaje en el tiempo. Son excesivamente desagradables. Hay una sensación exactamente igual a la que se tiene cuando se acciona una palanca de cambios... ¡un movimiento hacia la cabeza que no se puede de-

followed day like the flapping of a black wing. The dim suggestion of the laboratory seemed presently to fall away from me, and I saw the sun hopping swiftly across the sky, leaping it every minute, and every minute marking a day. I supposed the laboratory had been destroyed and I had come into the open air. I had a dim impression of scaffolding, but I was already going too fast to be conscious of any moving things. The slowest snail that ever crawled dashed by too fast for me. The twinkling succession of darkness and light was excessively painful to the eye. Then, in the intermittent darknesses, I saw the moon spinning swiftly through her quarters from new to full, and had a faint glimpse of the circling stars. Presently, as I went on, still gaining velocity, the palpitation of night and day merged into one continuous greyness; the sky took on a wonderful deepness of blue, a splendid luminous colour like that of early twilight; the jerking sun became a streak of fire, a brilliant arch, in space; the moon a fainter fluctuating band; and I could see nothing of the stars, save now and then a brighter circle flickering in the blue.

«The landscape was misty and vague. I was still on the hill-side upon which this house now stands, and the shoulder rose above me grey and dim. I saw trees growing and changing like puffs of vapour, now brown, now green: they grew, spread, shivered, and passed away. I saw huge buildings rise up faint and fair, and pass like dreams. The whole surface of the earth seemed changed—melting and flowing under my eyes. The little hands upon the dials that registered my speed raced round faster and faster. Presently I noted that the sun-belt swayed up and down, from solstice to solstice, in a minute or less, and that consequently my pace was over a year a minute; and minute by minute the white snow flashed across the world, and vanished, and was followed by the bright, brief green of spring.

«The unpleasant sensations of the start were less poignant now. They merged at last into a kind of hysterical exhilaration. I remarked, indeed, a clumsy swaying of the machine, for which I was unable to account. But my mind was too confused to attend to it, so with a kind of madness growing upon me, I flung myself into futurity. At first I

tener! También sentí la misma horrible anticipación de un inminente choque. A medida que avanzaba, la noche seguía al día como el batir de un ala negra. La tenue sugestión del laboratorio pareció alejarse de mí y vi que el sol saltaba velozmente por el cielo, saltándolo una vez por minuto, cada minuto marcaba un día. Supuse que el laboratorio había sido destruido y que yo había salido al aire libre. Tuve una tenue impresión de andamios, pero ya iba demasiado rápido para ser consciente de cualquier cosa que se moviera. El caracol más lento que jamás se haya arrastrado pasó demasiado rápido para mí. La titilante sucesión de oscuridad y luz era excesivamente dolorosa para la vista. Luego, en la oscuridad intermitente, vi a la luna girar rápidamente a través de sus cuartos, desde la luna nueva hasta la llena, y tuve una débil visión de las estrellas que daban vueltas. Luego, a medida que avanzaba, ganando aún velocidad, la palpitación de la noche y el día se fundieron en una grisura continua; el cielo adquirió una maravillosa profundidad de azul, un espléndido color luminoso como el del primer crepúsculo; el sol, que se sacudía, se convirtió en un rayo de fuego, un arco brillante, en el espacio; la luna, en una banda fluctuante más débil; y no pude ver nada de las estrellas, salvo de vez en cuando un círculo más brillante que parpadeaba en el azul.

«El paisaje era brumoso y vago. Estaba todavía en la ladera de la colina sobre la que ahora se levanta esta casa, y el monte se alzaba sobre mí gris y oscuro. Vi árboles que crecían y cambiaban como bocanadas de vapor, ahora marrones, ahora verdes: crecían, se extendían, temblaban y desaparecían. Vi enormes edificios que se alzaban débiles y hermosos, y que pasaban como sueños. Toda la superficie de la tierra parecía haber cambiado... fundiéndose y fluyendo bajo mis ojos. Las manecillas de los diales que registraban mi velocidad giraban cada vez más rápidamente. En seguida noté que el cinturón solar se balanceaba hacia arriba y hacia abajo, de solsticio a solsticio, en un minuto o menos, y que por consiguiente mi velocidad era de más de un año por minuto; y minuto a minuto la blanca nieve destellaba a través del mundo, y se desvanecía, y era seguida por el brillante y breve verde de la primavera.

«Las sensaciones desagradables del comienzo eran ahora menos punzantes. Al final se fundieron en una especie de júbilo histérico. Noté, en efecto, un torpe balanceo de la máquina, que no pude explicar. Pero mi mente estaba demasiado confusa como para prestarle atención, así que, con una especie de locura que se apoderaba de mí, me arrojé al

scarce thought of stopping, scarce thought of anything but these new sensations. But presently a fresh series of impressions grew up in my mind—a certain curiosity and therewith a certain dread—until at last they took complete possession of me. What strange developments of humanity, what wonderful advances upon our rudimentary civilization, I thought, might not appear when I came to look nearly into the dim elusive world that raced and fluctuated before my eyes! I saw great and splendid architecture rising about me, more massive than any buildings of our own time, and yet, as it seemed, built of glimmer and mist. I saw a richer green flow up the hill-side, and remain there, without any wintry intermission. Even through the veil of my confusion the earth seemed very fair. And so my mind came round to the business of stopping.

"The peculiar risk lay in the possibility of my finding some substance in the space which I, or the machine, occupied. So long as I travelled at a high velocity through time, this scarcely mattered: I was, so to speak, attenuated—was slipping like a vapour through the interstices of intervening substances! But to come to a stop involved the jamming of myself, molecule by molecule, into whatever lay in my way; meant bringing my atoms into such intimate contact with those of the obstacle that a profound chemical reaction—possibly a far-reaching explosion—would result, and blow myself and my apparatus out of all possible dimensions—into the Unknown. This possibility had occurred to me again and again while I was making the machine; but then I had cheerfully accepted it as an unavoidable risk—one of the risks a man has got to take! Now the risk was inevitable, I no longer saw it in the same cheerful light. The fact is that, insensibly, the absolute strangeness of everything, the sickly jarring and swaying of the machine, above all, the feeling of prolonged falling, had absolutely upset my nerves. I told myself that I could never stop, and with a gust of petulance I resolved to stop forthwith. Like an impatient fool, I lugged over the lever, and incontinently the thing went reeling over, and I was flung headlong through the air.

«There was the sound of a clap of thunder in my ears. I may have been stunned for a moment. A pitiless hail was hissing round me, and I was sitting on soft turf in front of the overset machine. Everything still seemed grey, but presently I remarked that the confusion in my ears

futuro. Al principio apenas pensé en detenerme, apenas pensé en nada más que en estas nuevas sensaciones. Pero pronto una nueva serie de impresiones creció en mi mente —una cierta curiosidad y con ello un cierto temor— hasta que al final éstas se apoderaron completamente de mí. ¡Qué extraños desarrollos de la humanidad, qué maravillosos avances sobre nuestra rudimentaria civilización, pensé, no podrían aparecer cuando llegara a mirar de cerca el tenue mundo esquivo que corría y fluctuaba ante mis ojos! Vi una gran y espléndida arquitectura que se alzaba a mi alrededor, más maciza que cualquiera de los edificios de nuestro tiempo, y sin embargo, tal y como parecía, construida de brillo y niebla. Vi que un verde más intenso subía por la ladera de la colina y permanecía allí, sin ninguna interrupción invernal. Incluso a través del velo de mi confusión, la tierra parecía muy hermosa. Y así, mi mente volvió a pensar en que debía detenerme.

«El riesgo peculiar residía en la posibilidad de que encontrara alguna sustancia en el espacio que yo, o la máquina, ocupaba. Mientras viajaba a gran velocidad en el tiempo, esto apenas importaba: yo estaba, por así decirlo, atenuado... me deslizaba como un vapor a través de los intersticios de las sustancias intermedias. Pero detenerse implicaba atascarse, molécula a molécula, en cualquier cosa que se interpusiera en mi camino; significaba poner mis átomos en tan íntimo contacto con los del obstáculo que se produciría una profunda reacción química —posiblemente una explosión de gran alcance— y me haría volar a mí y a mi aparato fuera de todas las dimensiones posibles, hacia lo Desconocido. Esta posibilidad se me había ocurrido una y otra vez mientras fabricaba la máquina; pero entonces la había aceptado alegremente como un riesgo inevitable... uno de los riesgos que uno tiene que correr. Ahora que el riesgo era inevitable, ya no lo veía con la misma alegría. El hecho es que, insensiblemente, la absoluta extrañeza de todo, el enfermizo traqueteo y el balanceo de la máquina, sobre todo, la sensación de una prolongada caída, habían alterado absolutamente mis nervios. Me dije a mí mismo que nunca podría parar y, en un arranque de petulancia, resolví parar inmediatamente. Como un tonto impaciente, arrastré la palanca, e inmediatamente la cosa se tambaleó, y fui lanzado de cabeza por el aire.

«Se escuchó el sonido de un trueno en mis oídos. Me quedé aturdido por un momento. Un granizo despiadado silbaba a mi alrededor, y yo estaba sentado en el suave césped frente a la máquina volcada. Todo parecía aún gris, pero pronto noté que la confusión en mis oídos había

was gone. I looked round me. I was on what seemed to be a little lawn in a garden, surrounded by rhododendron bushes, and I noticed that their mauve and purple blossoms were dropping in a shower under the beating of the hailstones. The rebounding, dancing hail hung in a little cloud over the machine, and drove along the ground like smoke. In a moment I was wet to the skin. 'Fine hospitality,' said I, 'to a man who has travelled innumerable years to see you.'

«Presently I thought what a fool I was to get wet. I stood up and looked round me. A colossal figure, carved apparently in some white stone, loomed indistinctly beyond the rhododendrons through the hazy downpour. But all else of the world was invisible.

«My sensations would be hard to describe. As the columns of hail grew thinner, I saw the white figure more distinctly. It was very large, for a silver birch tree touched its shoulder. It was of white marble, in shape something like a winged sphinx, but the wings, instead of being carried vertically at the sides, were spread so that it seemed to hover. The pedestal, it appeared to me, was of bronze, and was thick with verdigris. It chanced that the face was towards me; the sightless eyes seemed to watch me; there was the faint shadow of a smile on the lips. It was greatly weather-worn, and that imparted an unpleasant suggestion of disease. I stood looking at it for a little space—half a minute, perhaps, or half an hour. It seemed to advance and to recede as the hail drove before it denser or thinner. At last I tore my eyes from it for a moment, and saw that the hail curtain had worn threadbare, and that the sky was lightening with the promise of the sun.

«I looked up again at the crouching white shape, and the full temerity of my voyage came suddenly upon me. What might appear when that hazy curtain was altogether withdrawn? What might not have happened to men? What if cruelty had grown into a common passion? What if in this interval the race had lost its manliness, and had developed into something inhuman, unsympathetic, and overwhelmingly powerful? I might seem some old-world savage animal, only the more dreadful and disgusting for our common likeness—a foul creature to be incontinently slain.

desaparecido. Miré a mi alrededor. Me encontraba en lo que parecía ser un pequeño sector de césped en un jardín, rodeado de arbustos de rododendro, y me di cuenta de que sus flores malvas y púrpuras caían en lluvia bajo el golpe de los granizos. El granizo, que rebotaba y bailaba, se cernía en una pequeña nube sobre la máquina y se deslizaba por el suelo como si fuera humo. En un instante estuve mojado hasta la piel. "Bonita hospitalidad", dije, "para un hombre que ha viajado innumerables años para verte".

«En ese momento pensé que era tonto seguir allí y mojarme. Me levanté y miré a mi alrededor. Una figura colosal, tallada aparentemente en alguna piedra blanca, se asomaba indistintamente más allá de los rododendros a través del brumoso aguacero. No podía ver nada del resto del mundo.

«Mis sensaciones serían difíciles de describir. A medida que las columnas de granizo se hacían más finas, vi con más claridad la figura blanca. Era muy grande, pues un abedul plateado le tocaba el hombro. Era de mármol blanco, con una forma parecida a la de una esfinge alada, pero las alas, en lugar de llevarlas verticalmente a los lados, estaban extendidas de modo que parecía flotar. Me pareció que el pedestal era de bronce y estaba cubierto de verdín. El rostro estaba orientado hacia mí; los ojos, sin vista, parecían mirarme; en los labios había la débil sombra de una sonrisa. Estaba muy desgastada por la intemperie, lo que le daba una desagradable impresión de enfermedad. Me quedé mirándola durante un rato... medio minuto, quizás, o media hora. Parecía avanzar y retroceder a medida que el granizo se hacía más denso o más fino. Por fin aparté los ojos de ella un momento, y vi que la cortina de granizo se retiraba y que el cielo se iluminaba con la promesa del sol.

«Volví a mirar la forma blanca agazapada, y todo el temor de mi viaje me sobrevino de repente. ¿Qué podría aparecer cuando se retirara por completo aquella brumosa cortina? ¿Qué no habría podido pasar con los hombres? ¿Y si la crueldad se hubiera convertido en una pasión común? ¿Y si en este intervalo la raza hubiera perdido su humanidad y se hubiera convertido en algo inhumano, carente de solidaridad y abrumadoramente poderoso? Yo podría parecer un animal salvaje del viejo mundo, sólo que más espantoso y repugnante por nuestra semejanza común... una criatura nauseabunda que hay que matar sin contemplaciones.

«Already I saw other vast shapes—huge buildings with intricate parapets and tall columns, with a wooded hill-side dimly creeping in upon me through the lessening storm. I was seized with a panic fear. I turned frantically to the Time Machine, and strove hard to readjust it. As I did so the shafts of the sun smote through the thunder-storm. The grey downpour was swept aside and vanished like the trailing garments of a ghost. Above me, in the intense blue of the summer sky, some faint brown shreds of cloud whirled into nothingness. The great buildings about me stood out clear and distinct, shining with the wet of the thunderstorm, and picked out in white by the unmelted hailstones piled along their courses. I felt naked in a strange world. I felt as perhaps a bird may feel in the clear air, knowing the hawk wins above and will swoop. My fear grew to frenzy. I took a breathing space, set my teeth, and again grappled fiercely, wrist and knee, with the machine. It gave under my desperate onset and turned over. It struck my chin violently. One hand on the saddle, the other on the lever, I stood panting heavily in attitude to mount again.

"But with this recovery of a prompt retreat my courage recovered. I looked more curiously and less fearfully at this world of the remote future. In a circular opening, high up in the wall of the nearer house, I saw a group of figures clad in rich soft robes. They had seen me, and their faces were directed towards me.

«Then I heard voices approaching me. Coming through the bushes by the White Sphinx were the heads and shoulders of men running. One of these emerged in a pathway leading straight to the little lawn upon which I stood with my machine. He was a slight creature—perhaps four feet high—clad in a purple tunic, girdled at the waist with a leather belt. Sandals or buskins—I could not clearly distinguish which—were on his feet; his legs were bare to the knees, and his head was bare. Noticing that, I noticed for the first time how warm the air was.

«He struck me as being a very beautiful and graceful creature, but indescribably frail. His flushed face reminded me of the more beautiful kind of consumptive—that hectic beauty of which we used to hear so much. At the sight of him I suddenly regained confidence. I took my hands from the machine.

«Ya comenzaba a ver otras formas inmensas: edificios enormes con intrincados parapetos y altas columnas, con una ladera boscosa que se arrastraba tenuemente hacia mí a través de la tormenta que disminuía. Me invadió un miedo pánico. Me volví frenéticamente hacia la Máquina del Tiempo y me esforcé por enderezarla. Mientras lo hacía, los rayos de sol se abrieron paso a través de la tormenta. El aguacero gris fue barrido y se desvaneció como la ropa de un fantasma. Por encima de mí, en el intenso azul del cielo de verano, algunos tenues jirones de nubes marrones se arremolinaban en el vacío. Los grandes edificios que me rodeaban se distinguían con claridad, brillando con la humedad de la tormenta y resaltados en blanco por las piedras de granizo no derretidas que se amontonaban a lo largo de sus caminos. Me sentía desnudo en un mundo extraño. Me sentí como puede sentirse un pájaro en el aire claro, sabiendo que el halcón se impone por encima y se abalanza. Mi miedo se convirtió en frenesí. Me tomé un respiro, apreté los dientes y volví a forcejear ferozmente —muñeca y rodilla— con la máquina. La máquina cedió bajo mi desesperado empuje y pude tumbarla. Me golpeó violentamente en la barbilla. Con una mano en la butaca y la otra en la palanca, me paré jadeando fuertemente en actitud de montar nuevamente.

«Pero al recuperar la posibilidad de una pronta retirada mi valor se acrecentó. Miré con más curiosidad y menos temor este mundo del futuro remoto. En una abertura circular, en lo alto de la pared de la casa más cercana, vi un grupo de figuras vestidas con ricas y suaves túnicas. Me habían visto y sus rostros se dirigían hacia mí.

«Entonces oí voces que se aproximaban. A través de los arbustos, junto a la Esfinge Blanca, se veían cabezas y hombros de hombres corriendo. Uno de ellos surgió en un camino que conducía directamente a la pequeña parcela de césped sobre el que yo me encontraba con mi máquina. Era una criatura delgada —tal vez de un metro y medio de altura—, vestida con una túnica púrpura, ceñida a la cintura con un cinturón de cuero. Llevaba en los pies unas sandalias o unas botas, que no pude distinguir con claridad; tenía las piernas desnudas hasta las rodillas y la cabeza descubierta. Al notar esto, me di cuenta por primera vez de lo cálido que era el aire.

«Él me pareció una criatura muy hermosa y agraciada, pero indescriptiblemente frágil. Su rostro sonrosado me recordaba a los tísicos más bellos… esa belleza dolorosa de la que tanto oímos hablar. Al verlo, recuperé de repente la confianza. Quité las manos de la máquina.

«In another moment we were standing face to face, I and this fragile thing out of futurity. He came straight up to me and laughed into my eyes. The absence from his bearing of any sign of fear struck me at once. Then he turned to the two others who were following him and spoke to them in a strange and very sweet and liquid tongue.

«There were others coming, and presently a little group of perhaps eight or ten of these exquisite creatures were about me. One of them addressed me. It came into my head, oddly enough, that my voice was too harsh and deep for them. So I shook my head, and, pointing to my ears, shook it again. He came a step forward, hesitated, and then touched my hand. Then I felt other soft little tentacles upon my back and shoulders. They wanted to make sure I was real. There was nothing in this at all alarming. Indeed, there was something in these pretty little people that inspired confidence—a graceful gentleness, a certain childlike ease. And besides, they looked so frail that I could fancy myself flinging the whole dozen of them about like ninepins. But I made a sudden motion to warn them when I saw their little pink hands feeling at the Time Machine. Happily then, when it was not too late, I thought of a danger I had hitherto forgotten, and reaching over the bars of the machine I unscrewed the little levers that would set it in motion, and put these in my pocket. Then I turned again to see what I could do in the way of communication.

«And then, looking more nearly into their features, I saw some further peculiarities in their Dresden china type of prettiness. Their hair, which was uniformly curly, came to a sharp end at the neck and cheek; there was not the faintest suggestion of it on the face, and their ears were singularly minute. The mouths were small, with bright red, rather thin lips, and the little chins ran to a point. The eyes were large and mild; and—this may seem egotism on my part—I fancied even that there was a certain lack of the interest I might have expected in them.

«As they made no effort to communicate with me, but simply stood round me smiling and speaking in soft cooing notes to each other, I began the conversation. I pointed to the Time Machine and to myself.

«Al cabo de un momento estábamos frente a frente, yo y esta cosa frágil salida del futuro. Se acercó a mí y se rió delante mío. La ausencia de cualquier signo de miedo en su porte me impresionó de inmediato. Luego se dirigió a los otros dos que le seguían y les habló en una lengua extraña, muy dulce y líquida.

«Vinieron otros, y al poco tiempo un pequeño grupo de quizás ocho o diez de estas exquisitas criaturas estaban a mi alrededor. Uno de ellas se dirigió a mí. Me vino a la cabeza, extrañamente, que mi voz era demasiado áspera y grave para ellos. Así que sacudí la cabeza y, señalando mis orejas, la volví a sacudir. Se adelantó un paso, dudó y luego me tocó la mano. A continuación sentí pequeños y suaves tentáculos sobre mi espalda y mis hombros. Querían asegurarse de que yo era real. No había nada alarmante en esto. De hecho, había algo en estas preciosas personitas que inspiraba confianza... una graciosa gentileza, una cierta facilidad infantil. Además, parecían tan frágiles que podía imaginarme lanzando a toda la docena de ellos de un golpe como si fueran bolos. Pero hice un movimiento repentino para advertirles cuando vi sus pequeñas manos rosadas palpando la Máquina del Tiempo. Felizmente, cuando aún no era demasiado tarde, pensé en un peligro que hasta entonces había olvidado, y tomando las barras de la máquina desenrosqué las pequeñas palancas que la pondrían en movimiento y las guardé en mi bolsillo. Luego me volví para ver qué podía hacer para comunicarme con ellos.

«A continuación, observando más de cerca sus rasgos, vi algunas peculiaridades más en esa belleza que parecía porcelana de Dresde. Su cabello, uniformemente rizado, terminaba en el cuello y en las mejillas; no había ni la más leve insinuación de vello en la cara, y sus orejas eran singularmente diminutas. Las bocas eran pequeñas, con labios rojos brillantes y más bien finos, y las barbillas cortas y puntiagudas. Los ojos eran grandes y suaves; y —puede parecer egoísta por mi parte— me pareció incluso que había una cierta falta de interés en ellos por mi llegada; algo que podría haber esperado.

«Como no hicieron ningún esfuerzo por comunicarse conmigo, sino que se limitaron a permanecer a mi alrededor sonriendo y hablando entre ellos con suaves arrullos, comencé la conversación. Señalé la Má-

Then, hesitating for a moment how to express Time, I pointed to the sun. At once a quaintly pretty little figure in chequered purple and white followed my gesture, and then astonished me by imitating the sound of thunder.

«For a moment I was staggered, though the import of his gesture was plain enough. The question had come into my mind abruptly: were these creatures fools? You may hardly understand how it took me. You see, I had always anticipated that the people of the year Eight Hundred and Two Thousand odd would be incredibly in front of us in knowledge, art, everything. Then one of them suddenly asked me a question that showed him to be on the intellectual level of one of our five-year-old children—asked me, in fact, if I had come from the sun in a thunder-storm! It let loose the judgment I had suspended upon their clothes, their frail light limbs, and fragile features. A flow of disappointment rushed across my mind. For a moment I felt that I had built the Time Machine in vain.

«I nodded, pointed to the sun, and gave them such a vivid rendering of a thunderclap as startled them. They all withdrew a pace or so and bowed. Then came one laughing towards me, carrying a chain of beautiful flowers altogether new to me, and put it about my neck. The idea was received with melodious applause; and presently they were all running to and fro for flowers, and laughingly flinging them upon me until I was almost smothered with blossom. You who have never seen the like can scarcely imagine what delicate and wonderful flowers countless years of culture had created. Then someone suggested that their plaything should be exhibited in the nearest building, and so I was led past the sphinx of white marble, which had seemed to watch me all the while with a smile at my astonishment, towards a vast grey edifice of fretted stone. As I went with them the memory of my confident anticipations of a profoundly grave and intellectual posterity came, with irresistible merriment, to my mind.

«The building had a huge entry, and was altogether of colossal dimensions. I was naturally most occupied with the growing crowd of little people, and with the big open portals that yawned before me shadowy and mysterious. My general impression of the world I saw over their heads was a tangled waste of beautiful bushes and flowers, a long ne-

quina del Tiempo y a mí mismo. Luego, dudando por un momento cómo expresar el Tiempo, señalé el sol. Al instante, una figurita pintoresca, vestida a cuadrillé púrpura y blanco, siguió mi gesto y me sorprendió al imitar el sonido del trueno.

«Por un momento me quedé perplejo, aunque el significado de su gesto era bastante claro. La pregunta me vino a la mente bruscamente: ¿eran estas criaturas tontas? Quizá no entiendan cómo se me ocurrió. Verán, yo siempre había previsto que la gente del año Ochocientos y Dos Mil y pico nos aventajaba increíblemente en conocimientos, en arte, en todo. Entonces, uno de ellos me hizo de repente una pregunta que demostraba que estaba al nivel intelectual de uno de nuestros niños de cinco años... me preguntó, de hecho, si había venido del sol en una tormenta de truenos. Dejé inconclusa mi opinión, que no había manifestado, sobre sus ropas, sus miembros ligeros y sus frágiles rasgos. Un flujo de decepción se apoderó de mi mente. Por un momento sentí que había construido la Máquina del Tiempo en vano.

«Asentí con la cabeza, señalé el sol y les hice una representación tan vívida de un trueno que los sobresaltó. Todos se retiraron más o menos un paso y se inclinaron. Entonces vino uno riendo hacia mí, trayendo una guirnalda de hermosas flores que nunca había visto, y me la puso en el cuello. La idea fue recibida con un melódico aplauso, y en seguida todos corrieron de un lado a otro en busca de flores, y las arrojaron sobre mí riendo, hasta que casi me asfixiaron con flores. Los que nunca han visto algo parecido apenas pueden imaginar las delicadas y maravillosas flores que innumerables años de cultivo han creado. A continuación alguien sugirió que su juguete fuera expuesto en el edificio más cercano, y así me condujeron junto a la esfinge de mármol blanco, que había parecido observarme todo el tiempo con una sonrisa ante mi asombro, hasta que llegamos a un vasto edificio gris de piedra calada. Mientras iba con ellos, el recuerdo de mis confiadas anticipaciones de una posteridad profundamente grave e intelectual vino, con hilaridad, a mi mente.

«El edificio tenía una entrada enorme y en su conjunto tenía dimensiones colosales. Naturalmente, yo estaba más ocupado con la creciente multitud de gente pequeña y con los grandes portales abiertos que se abrían ante mí, sombríos y misteriosos. Mi impresión general del mundo que veía por encima de sus cabezas era un enmarañado desperdicio de hermosos

glected and yet weedless garden. I saw a number of tall spikes of strange white flowers, measuring a foot perhaps across the spread of the waxen petals. They grew scattered, as if wild, among the variegated shrubs, but, as I say, I did not examine them closely at this time. The Time Machine was left deserted on the turf among the rhododendrons.

«The arch of the doorway was richly carved, but naturally I did not observe the carving very narrowly, though I fancied I saw suggestions of old Phœnician decorations as I passed through, and it struck me that they were very badly broken and weather-worn. Several more brightly-clad people met me in the doorway, and so we entered, I, dressed in dingy nineteenth-century garments, looking grotesque enough, garlanded with flowers, and surrounded by an eddying mass of bright, soft-coloured robes and shining white limbs, in a melodious whirl of laughter and laughing speech.

«The big doorway opened into a proportionately great hall hung with brown. The roof was in shadow, and the windows, partially glazed with coloured glass and partially unglazed, admitted a tempered light. The floor was made up of huge blocks of some very hard white metal, not plates nor slabs—blocks, and it was so much worn, as I judged by the going to and fro of past generations, as to be deeply channelled along the more frequented ways. Transverse to the length were innumerable tables made of slabs of polished stone, raised, perhaps, a foot from the floor, and upon these were heaps of fruits. Some I recognised as a kind of hypertrophied raspberry and orange, but for the most part they were strange.

«Between the tables was scattered a great number of cushions. Upon these my conductors seated themselves, signing for me to do likewise. With a pretty absence of ceremony they began to eat the fruit with their hands, flinging peel and stalks, and so forth, into the round openings in the sides of the tables. I was not loth to follow their example, for I felt thirsty and hungry. As I did so I surveyed the hall at my leisure.

«And perhaps the thing that struck me most was its dilapidated look. The stained-glass windows, which displayed only a geometrical pattern, were broken in many places, and the curtains that hung across the lower end were thick with dust. And it caught my eye that the corner of

arbustos y flores, un jardín más bien descuidado aunque sin maleza. Vi varias espigas altas de extrañas flores blancas, que medían un pie de alto, tal vez por la extensión de los pétalos encerados. Crecían dispersas, como si fueran silvestres, entre los arbustos abigarrados, pero, como digo, no las examiné de cerca en ese momento. La Máquina del Tiempo quedó abandonada en el césped entre los rododendros.

«El arco de la puerta estaba ricamente tallado, pero, naturalmente, no observé el tallado con detenimiento, aunque me pareció percibir sugerencias de antiguas decoraciones fenicias al pasar, y me pareció que estaban muy estropeadas y desgastadas por el tiempo. Varias personas más, con vestidos brillantes, se reunieron conmigo en la puerta, y así entramos, yo, vestido con ropas deslucidas del siglo XIX, con un aspecto bastante grotesco, con guirnaldas de flores, y rodeado por una masa de túnicas brillantes y de colores suaves y miembros blancos brillantes, en un torbellino melodioso de risas y discursos risueños.

«La gran puerta se abría a un salón relativamente grande de color marrón. El techo estaba en sombra y las ventanas, en parte acristaladas con vidrios de colores y en parte sin cristales, admitían una luz templada. El suelo estaba formado por enormes bloques de un metal blanco muy duro, no placas ni losas... bloques, y estaba tan desgastado, según juzgué a causa del ir y venir de las generaciones pasadas, que tenía profundos canales a lo largo de los caminos más frecuentados. Transversalmente a la longitud había innumerables mesas hechas de losas de piedra pulida, elevadas, quizás, a un pie del suelo, y sobre ellas había montones de frutas. Algunas las reconocí como una especie de frambuesas y naranjas hipertrofiadas, pero en su mayoría eran extrañas.

«Entre las mesas había un gran número de cojines. En ellos se sentaron mis guías y me hicieron señas para que hiciera lo mismo. Con bastante ausencia de ceremonia, comenzaron a comer la fruta con las manos, arrojando cáscaras y tallos, etc., en aberturas redondas a los lados de las mesas. No me resistí a seguir su ejemplo, pues me sentía sediento y hambriento. Mientras lo hacía, observé la sala a mi antojo.

«Y quizá lo que más me llamó la atención fue su aspecto ruinoso. Los vitrales, que sólo mostraban un dibujo geométrico, estaban rotos en muchos lugares, y las cortinas que colgaban en la parte inferior estaban llenas de polvo. Y me llamó la atención que la esquina de la mesa de mármol que

the marble table near me was fractured. Nevertheless, the general effect was extremely rich and picturesque. There were, perhaps, a couple of hundred people dining in the hall, and most of them, seated as near to me as they could come, were watching me with interest, their little eyes shining over the fruit they were eating. All were clad in the same soft, and yet strong, silky material.

«Fruit, by the bye, was all their diet. These people of the remote future were strict vegetarians, and while I was with them, in spite of some carnal cravings, I had to be frugivorous also. Indeed, I found afterwards that horses, cattle, sheep, dogs, had followed the Ichthyosaurus into extinction. But the fruits were very delightful; one, in particular, that seemed to be in season all the time I was there—a floury thing in a three-sided husk—was especially good, and I made it my staple. At first I was puzzled by all these strange fruits, and by the strange flowers I saw, but later I began to perceive their import.

«However, I am telling you of my fruit dinner in the distant future now. So soon as my appetite was a little checked, I determined to make a resolute attempt to learn the speech of these new men of mine. Clearly that was the next thing to do. The fruits seemed a convenient thing to begin upon, and holding one of these up I began a series of interrogative sounds and gestures. I had some considerable difficulty in conveying my meaning. At first my efforts met with a stare of surprise or inextinguishable laughter, but presently a fair-haired little creature seemed to grasp my intention and repeated a name. They had to chatter and explain the business at great length to each other, and my first attempts to make the exquisite little sounds of their language caused an immense amount of genuine, if uncivil, amusement. However, I felt like a school-master amidst children, and persisted, and presently I had a score of noun substantives at least at my command; and then I got to demonstrative pronouns, and even the verb «to eat.» But it was slow work, and the little people soon tired and wanted to get away from my interrogations, so I determined, rather of necessity, to let them give their lessons in little doses when they felt inclined. And very little doses I found they were before long, for I never met people more indolent or more easily fatigued.

estaba cerca de mí estaba fracturada. Sin embargo, el efecto general era extremadamente rico y pintoresco. Había, tal vez, un par de cientos de personas cenando en la sala y la mayoría de ellas estaban sentadas tan cerca de mí como era posible, me observaban con interés, con sus ojitos brillando sobre la fruta que comían. Todos estaban vestidos con el mismo material suave, pero fuerte y sedoso.

«La fruta, por cierto, era toda su dieta. Esta gente del futuro remoto era estrictamente vegetariana y, mientras estuve con ellos, a pesar de algunos antojos de carne, tuve que ser también frugívoro. De hecho, más tarde descubrí que los caballos, el ganado, las ovejas y los perros habían seguido al ictiosaurio en el camino de la extinción. Pero las frutas eran deliciosas; una, en particular, que parecía estar en temporada todo el tiempo que estuve allí —una cosa harinosa con cáscara por tres lados— era especialmente sabrosa y la convertí en mi alimento básico. Al principio me desconcertaron todas estas extrañas frutas y las extrañas flores que vi, pero más tarde empecé a percibir su importancia.

«Sin embargo, ahora les hablo de mi cena de frutas en un futuro lejano. Tan pronto como mi apetito estuvo un poco controlado, decidí hacer el intento de aprender el habla de esta nueva gente mía. Estaba claro que eso era lo siguiente que había que hacer. Las frutas me parecieron algo conveniente para empezar y, sosteniendo una de ellas en alto, comencé una serie de sonidos y gestos interrogativos. Tuve algunas dificultades considerables para transmitir lo que quería decir. Al principio mis esfuerzos se encontraron con una mirada de sorpresa o con una risa inacabable, pero en seguida una criaturita de pelo rubio pareció captar mi intención y repitió un nombre. Tuvieron que charlar y explicarse largamente el asunto y mis primeros intentos de emitir los pequeños y exquisitos sonidos de su idioma causaron una inmensa cantidad de genuina, aunque incivil, diversión. Sin embargo, me sentí como un maestro de escuela en medio de los niños y persistí, y pronto tuve al menos una veintena de sustantivos a mi alcance; y luego llegué a los pronombres demostrativos e incluso al verbo "comer". Pero era un trabajo lento, y las personitas pronto se cansaban y querían sustraerse a mis interrogatorios, por lo que decidí, más bien por necesidad, dejar que dieran sus lecciones en pequeñas dosis cuando se sintieran inclinadas. Y, al poco tiempo, me parecieron que eran realmente muy pequeñas dosis, pues nunca conocí gente más indolente ni que se fatigara con mayor facilidad.

VI — THE SUNSET OF MANKIND

«A queer thing I soon discovered about my little hosts, and that was their lack of interest. They would come to me with eager cries of astonishment, like children, but, like children they would soon stop examining me, and wander away after some other toy. The dinner and my conversational beginnings ended, I noted for the first time that almost all those who had surrounded me at first were gone. It is odd, too, how speedily I came to disregard these little people. I went out through the portal into the sunlit world again as soon as my hunger was satisfied. I was continually meeting more of these men of the future, who would follow me a little distance, chatter and laugh about me, and, having smiled and gesticulated in a friendly way, leave me again to my own devices.

«The calm of evening was upon the world as I emerged from the great hall, and the scene was lit by the warm glow of the setting sun. At first things were very confusing. Everything was so entirely different from the world I had known—even the flowers. The big building I had left was situated on the slope of a broad river valley, but the Thames had shifted, perhaps, a mile from its present position. I resolved to mount to the summit of a crest, perhaps a mile and a half away, from which I could get a wider view of this our planet in the year Eight Hundred and Two Thousand Seven Hundred and One, a.d. For that, I should explain, was the date the little dials of my machine recorded.

"As I walked I was watching for every impression that could possibly help to explain the condition of ruinous splendour in which I found the world—for ruinous it was. A little way up the hill, for instance, was a great heap of granite, bound together by masses of aluminium, a vast labyrinth of precipitous walls and crumpled heaps, amidst which were thick heaps of very beautiful pagoda-like plants—nettles possibly—but wonderfully tinted with brown about the leaves, and incapable of stinging. It was evidently the derelict remains of some vast structure, to what end built I could not determine. It was here that I was destined, at a later date, to have a very strange experience—the first intimation of a still stranger discovery—but of that I will speak in its proper place.

«Pronto descubrí algo extraño en mis pequeños anfitriones: su falta de interés. Se acercaban a mí con ansiosos gritos de asombro, como los niños, pero, también como los niños, pronto dejaban de examinarme y se alejaban tras algún otro juguete. Terminada la cena y mis inicios de conversación, noté por primera vez que casi todos los que me habían rodeado al principio se habían ido. Es extraño, también, lo rápido que llegué a ignorar a estas personitas. Volví a salir por el portal, hacia el mundo iluminado por el sol tan pronto como mi hambre fue satisfecha. Continuamente me encontraba con más de estos hombres del futuro, que me seguían a poca distancia, charlaban y se reían de mí y, tras sonreír y gesticular amistosamente, me dejaban de nuevo a mi suerte.

«La calma del atardecer se cernía sobre el mundo cuando salí del gran salón, y la escena estaba iluminada por el cálido resplandor del sol poniente. Al principio las cosas eran muy confusas. Todo era tan diferente del mundo que había conocido, incluso las flores. El gran edificio que había dejado estaba situado en la ladera de un amplio valle fluvial, pero el Támesis se había desplazado, una milla tal vez desde su posición actual. Decidí subir a la cumbre de una colina, tal vez a una milla y media de distancia, desde la cual podría obtener una vista más amplia de este, nuestro planeta, en el año Ochocientos y Dos Mil Setecientos Uno, d.C. Porque esa, debo explicar, era la fecha que registraban los pequeños diales de mi máquina.

«Mientras caminaba, buscaba cualquier impresión que pudiera ayudar a explicar la condición de esplendor ruinoso en la que encontraba el mundo, pues ruinoso era. Un poco más arriba de la colina, por ejemplo, había un gran montón de granito, unido por masas de aluminio, un vasto laberinto de paredes caídas y montones derrumbados, en medio de los cuales había gruesos montones de plantas muy hermosas, con formas de pagoda —posiblemente ortigas— pero maravillosamente teñidas de marrón en las hojas, e incapaces de causar picazón. Evidentemente, se trataba de los restos abandonados de una gran estructura, cuya finalidad no pude determinar. Fue aquí donde estaba destinado, en una fecha posterior, a tener una experiencia muy extraña, el primer indicio de un descubrimiento aún más extraño... pero de eso hablaré en su debido lugar.

«Looking round, with a sudden thought, from a terrace on which I rested for a while, I realized that there were no small houses to be seen. Apparently the single house, and possibly even the household, had vanished. Here and there among the greenery were palace-like buildings, but the house and the cottage, which form such characteristic features of our own English landscape, had disappeared.

«'Communism,' said I to myself.

«And on the heels of that came another thought. I looked at the half-dozen little figures that were following me. Then, in a flash, I perceived that all had the same form of costume, the same soft hairless visage, and the same girlish rotundity of limb. It may seem strange, perhaps, that I had not noticed this before. But everything was so strange. Now, I saw the fact plainly enough. In costume, and in all the differences of texture and bearing that now mark off the sexes from each other, these people of the future were alike. And the children seemed to my eyes to be but the miniatures of their parents. I judged then that the children of that time were extremely precocious, physically at least, and I found afterwards abundant verification of my opinion.

«Seeing the ease and security in which these people were living, I felt that this close resemblance of the sexes was after all what one would expect; for the strength of a man and the softness of a woman, the institution of the family, and the differentiation of occupations are mere militant necessities of an age of physical force. Where population is balanced and abundant, much child-bearing becomes an evil rather than a blessing to the State; where violence comes but rarely and offspring are secure, there is less necessity—indeed there is no necessity—for an efficient family, and the specialization of the sexes with reference to their children's needs disappears. We see some beginnings of this even in our own time, and in this future age it was complete. This, I must remind you, was my speculation at the time. Later, I was to appreciate how far it fell short of the reality.

«While I was musing upon these things, my attention was attracted by a pretty little structure, like a well under a cupola. I thought in a transitory way of the oddness of wells still existing, and then resu-

«Mirando a mi alrededor, con un pensamiento repentino, desde una terraza en la que descansé un rato, me di cuenta de que no se veía ninguna casita. Al parecer, la casa individual, y posiblemente incluso el hogar, habían desaparecido. Aquí y allá, entre la vegetación, había edificios de tipo palaciego, pero la casa y el cottage, que constituyen rasgos tan característicos de nuestro propio paisaje inglés, habían desaparecido.

«"Comunismo", me dije.

«Y a raíz de eso me vino otro pensamiento. Miré a la media docena de pequeñas figuras que me seguían. Entonces, en un instante, percibí que todas tenían la misma forma de traje, el mismo rostro suave y sin bello y la misma redondez femenina en las extremidades. Puede parecer extraño, tal vez, que no me haya dado cuenta de esto antes. Pero todo era muy extraño. En ese momento vi el hecho con bastante claridad. En cuanto a la vestimenta, y a todas las diferencias de textura y porte que ahora distinguen a los sexos entre sí, estas personas del futuro eran todas iguales. Y los niños me parecían las miniaturas de sus padres. Juzgué entonces que los niños de aquella época eran extremadamente precoces, al menos físicamente, y más tarde encontré abundante verificación de mi opinión.

«Al ver la facilidad y la seguridad con la que vivía esta gente, sentí que esta estrecha semejanza de los sexos era, después de todo, lo que cabía esperar; pues la fuerza del hombre y la suavidad de la mujer, la institución de la familia y la diferenciación de las ocupaciones son meras necesidades militantes de una época marcada por la fuerza física. Cuando la población es equilibrada y abundante, la procreación se convierte en un mal más que en una bendición para el Estado; cuando la violencia es escasa y la descendencia está asegurada, hay menos necesidad —de hecho, no hay necesidad— de una familia eficiente, y la especialización de los sexos con referencia a las necesidades de sus hijos desaparece. Vemos algunos inicios de esto incluso en nuestro propio tiempo y en esta era futura el proceso había sido completado. Esto, debo recordarlo, era mi especulación en ese momento. Más tarde, me di cuenta de lo lejos que estaba de la realidad.

«Mientras reflexionaba sobre estas cosas, mi atención fue atraída por una pequeña y bonita estructura, como un pozo bajo una cúpula. Pensé transitoriamente en lo extraño que era que los pozos siguieran exis-

med the thread of my speculations. There were no large buildings towards the top of the hill, and as my walking powers were evidently miraculous, I was presently left alone for the first time. With a strange sense of freedom and adventure I pushed on up to the crest.

«There I found a seat of some yellow metal that I did not recognise, corroded in places with a kind of pinkish rust and half smothered in soft moss, the arm-rests cast and filed into the resemblance of griffins' heads. I sat down on it, and I surveyed the broad view of our old world under the sunset of that long day. It was as sweet and fair a view as I have ever seen. The sun had already gone below the horizon and the west was flaming gold, touched with some horizontal bars of purple and crimson. Below was the valley of the Thames, in which the river lay like a band of burnished steel. I have already spoken of the great palaces dotted about among the variegated greenery, some in ruins and some still occupied. Here and there rose a white or silvery figure in the waste garden of the earth, here and there came the sharp vertical line of some cupola or obelisk. There were no hedges, no signs of proprietary rights, no evidences of agriculture; the whole earth had become a garden.

«So watching, I began to put my interpretation upon the things I had seen, and as it shaped itself to me that evening, my interpretation was something in this way. (Afterwards I found I had got only a half truth—or only a glimpse of one facet of the truth.)

«It seemed to me that I had happened upon humanity upon the wane. The ruddy sunset set me thinking of the sunset of mankind. For the first time I began to realize an odd consequence of the social effort in which we are at present engaged. And yet, come to think, it is a logical consequence enough. Strength is the outcome of need; security sets a premium on feebleness. The work of ameliorating the conditions of life—the true civilizing process that makes life more and more secure—had gone steadily on to a climax. One triumph of a united humanity over Nature had followed another. Things that are now mere dreams had become projects deliberately put in hand and carried forward. And the harvest was what I saw!

tiendo y luego retomé el hilo de mis especulaciones. No había grandes edificios hacia la cima de la colina, y como mis facultades para caminar eran evidentemente milagrosas, en seguida me quedé solo por primera vez. Con una extraña sensación de libertad y aventura, seguí subiendo hasta la cima.

«Allí encontré un banco hecho de un metal amarillo que no reconocí, corroído en algunas partes por una especie de óxido rosado y medio cubierto de suave musgo, con los reposabrazos moldeados y limados en forma de cabeza de grifo. Me senté en él y contemplé la amplia vista de nuestro viejo mundo bajo el atardecer de aquel largo día. Era una vista tan dulce y hermosa como jamás he visto. El sol ya había descendido por el horizonte y el oeste era de un dorado flamígero, tocado con algunas barras horizontales de púrpura y carmesí. Abajo estaba el valle del Támesis, en el que el río se extendía como una banda de acero bruñido. Ya he hablado de los grandes palacios salpicados entre el abigarrado verdor, algunos en ruinas y otros todavía ocupados. Aquí y allá se alzaba una figura blanca o plateada en el jardín baldío de la tierra, aquí y allá aparecía la aguda línea vertical de alguna cúpula u obelisco. No había setos, ni signos de derechos de propiedad, ni evidencia de agricultura; toda la tierra se había convertido en un jardín.

«Así, observando, empecé a formar mi interpretación sobre las cosas que había visto, y tal como se me presentó esa noche, mi interpretación fue algo así. (Más tarde descubrí que sólo había obtenido una verdad a medias... o sólo una visión de una faceta de la verdad).

«Me pareció que había encontrado a la humanidad en decadencia. El rojizo atardecer me hizo pensar en el ocaso de la humanidad. Por primera vez empecé a darme cuenta de una extraña consecuencia del esfuerzo social en el que estamos inmersos actualmente. Y, sin embargo, ahora que lo pienso, es una consecuencia bastante lógica. La fuerza es el resultado de la necesidad; la seguridad supone una prima para la debilidad. La labor de mejorar las condiciones de vida —el verdadero proceso civilizador que hace que la vida sea cada vez más segura— había llegado a su punto culminante. Cada triunfo de toda la humanidad sobre la naturaleza había sido seguido por otro triunfo. Cosas que ahora son meros sueños se habían convertido en proyectos deliberadamente puestos en marcha y llevados adelante. ¡Y la cosecha era lo que yo veía!

«After all, the sanitation and the agriculture of today are still in the rudimentary stage. The science of our time has attacked but a little department of the field of human disease, but, even so, it spreads its operations very steadily and persistently. Our agriculture and horticulture destroy a weed just here and there and cultivate perhaps a score or so of wholesome plants, leaving the greater number to fight out a balance as they can. We improve our favourite plants and animals—and how few they are—gradually by selective breeding; now a new and better peach, now a seedless grape, now a sweeter and larger flower, now a more convenient breed of cattle. We improve them gradually, because our ideals are vague and tentative, and our knowledge is very limited; because Nature, too, is shy and slow in our clumsy hands. Some day all this will be better organized, and still better. That is the drift of the current in spite of the eddies. The whole world will be intelligent, educated, and co-operating; things will move faster and faster towards the subjugation of Nature. In the end, wisely and carefully we shall readjust the balance of animal and vegetable life to suit our human needs.

«This adjustment, I say, must have been done, and done well; done indeed for all Time, in the space of Time across which my machine had leapt. The air was free from gnats, the earth from weeds or fungi; everywhere were fruits and sweet and delightful flowers; brilliant butterflies flew hither and thither. The ideal of preventive medicine was attained. Diseases had been stamped out. I saw no evidence of any contagious diseases during all my stay. And I shall have to tell you later that even the processes of putrefaction and decay had been profoundly affected by these changes.

«Social triumphs, too, had been effected. I saw mankind housed in splendid shelters, gloriously clothed, and as yet I had found them engaged in no toil. There were no signs of struggle, neither social nor economical struggle. The shop, the advertisement, traffic, all that commerce which constitutes the body of our world, was gone. It was natural on that golden evening that I should jump at the idea of a social paradise. The difficulty of increasing population had been met, I guessed, and population had ceased to increase.

«Después de todo, la salubridad y la agricultura de hoy en día están todavía en una etapa rudimentaria. La ciencia de nuestro tiempo no ha atacado más que un pequeño sector del vasto campo de las enfermedades humanas, pero, aun así, extiende sus operaciones de manera constante y persistente. Nuestra agricultura y horticultura destruyen una mala hierba aquí y allá y cultivan tal vez una veintena de plantas saludables, dejando que el mayor número luche por un equilibrio como pueda. Mejoramos nuestras plantas y animales favoritos —y qué pocos son— gradualmente mediante la cría selectiva; ahora un nuevo y mejor melocotón, ahora una uva sin semillas, ahora una flor más grande y de aroma más dulce, ahora una raza de ganado más adaptable. Los mejoramos gradualmente, porque nuestros ideales son vagos y tentativos, y nuestros conocimientos son muy limitados; porque la Naturaleza, también, es tímida y lenta en nuestras torpes manos. Algún día todo esto estará mejor organizado, aún mejor que eso. Esa es la dirección de la corriente a pesar de los remolinos. El mundo entero será inteligente, educado y cooperante; las cosas se moverán cada vez más rápido hacia el sometimiento de la Naturaleza. Al final, sabia y cuidadosamente reajustaremos el equilibrio de la vida animal y vegetal para que se adapte a nuestras necesidades humanas.

«Este ajuste, digo, debe haber sido hecho, y bien hecho; debe ciertamente haber adquirido estabilidad, haber sido desarrollado en el espacio de Tiempo que mi máquina había saltado. El aire estaba libre de mosquitos, la tierra de malas hierbas u hongos; por todas partes había frutas y flores, dulces y deliciosas; brillantes mariposas volaban de aquí para allá. Se había alcanzado el ideal de la medicina preventiva. Las enfermedades habían sido erradicadas. No vi ninguna evidencia de enfermedades contagiosas durante toda mi estancia. Y tendré que decirles más tarde que incluso los procesos de putrefacción y descomposición se habían visto profundamente afectados por estos cambios.

«También se habían logrado triunfos sociales. Vi a la humanidad alojada en espléndidos refugios, gloriosamente vestida, y hasta ahora no los había encontrado ocupados en ningún trabajo. No había signos de lucha, ni social ni económica. El comercio, la publicidad, el tráfico, todo ese oficio que constituye el cuerpo de nuestro mundo, había desaparecido. Era natural que en aquella tarde dorada me asaltara la idea de un paraíso social. Supuse que se había superado la dificultad del aumento de la población, y que ésta había dejado de crecer.

«But with this change in condition comes inevitably adaptations to the change. What, unless biological science is a mass of errors, is the cause of human intelligence and vigour? Hardship and freedom: conditions under which the active, strong, and subtle survive and the weaker go to the wall; conditions that put a premium upon the loyal alliance of capable men, upon self-restraint, patience, and decision. And the institution of the family, and the emotions that arise therein, the fierce jealousy, the tenderness for offspring, parental self-devotion, all found their justification and support in the imminent dangers of the young. *Now*, where are these imminent dangers? There is a sentiment arising, and it will grow, against connubial jealousy, against fierce maternity, against passion of all sorts; unnecessary things now, and things that make us uncomfortable, savage survivals, discords in a refined and pleasant life.

«I thought of the physical slightness of the people, their lack of intelligence, and those big abundant ruins, and it strengthened my belief in a perfect conquest of Nature. For after the battle comes Quiet. Humanity had been strong, energetic, and intelligent, and had used all its abundant vitality to alter the conditions under which it lived. And now came the reaction of the altered conditions.

«Under the new conditions of perfect comfort and security, that restless energy, that with us is strength, would become weakness. Even in our own time certain tendencies and desires, once necessary to survival, are a constant source of failure. Physical courage and the love of battle, for instance, are no great help—may even be hindrances—to a civilized man. And in a state of physical balance and security, power, intellectual as well as physical, would be out of place. For countless years I judged there had been no danger of war or solitary violence, no danger from wild beasts, no wasting disease to require strength of constitution, no need of toil. For such a life, what we should call the weak are as well equipped as the strong, are indeed no longer weak. Better equipped indeed they are, for the strong would be fretted by an energy for which there was no outlet. No doubt the exquisite beauty of the buildings I saw was the outcome of the last surgings of the now purposeless energy of mankind before it settled down into perfect harmony with the conditions under which it lived—the flourish of that triumph which began the last great peace. This has ever been the fate of energy in security; it takes to art and to

«Pero con este cambio de condición vienen inevitablemente las adaptaciones al cambio. ¿Cuál es, a menos que la ciencia biológica sea un cúmulo de errores, la causa de la inteligencia y el vigor humanos? La penuria y la libertad: condiciones en las que los activos, los fuertes y los sutiles sobreviven y los más débiles perecen; condiciones que ponen en valor la alianza leal de los hombres capaces, el autocontrol, la paciencia y la decisión. Y la institución de la familia, y las emociones que surgen en ella, los celos feroces, la ternura por la prole, la abnegación paterna, todo ello encontró su justificación y apoyo en los peligros inminentes que pueden afectar a los jóvenes. *Ahora bien*, ¿dónde están esos peligros inminentes? Está surgiendo un sentimiento, y crecerá, contra los celos conyugales, contra la maternidad feroz, contra la pasión de todo tipo; cosas innecesarias ahora, y cosas que nos incomodan, supervivencias de lo salvaje, discordias en una vida refinada y agradable.

«Pensé en la ligereza física de la gente, en su falta de inteligencia y en esas grandes y abundantes ruinas, y eso reforzó mi creencia en una perfecta conquista de la Naturaleza. Porque después de la batalla viene la Calma. La humanidad había sido fuerte, enérgica e inteligente, y había utilizado toda su abundante vitalidad para alterar las condiciones en las que vivía. Y luego vino la reacción a las condiciones alteradas.

«Bajo las nuevas condiciones de perfecto confort y seguridad, esa energía inquieta, que para nosotros es la fuerza, se convertiría en debilidad. Incluso en nuestra época, ciertas tendencias y deseos, antes necesarios para la supervivencia, son una fuente constante de fracaso. El valor físico y el amor a la batalla, por ejemplo, no son de gran ayuda —incluso pueden ser obstáculos— para un hombre civilizado. Y en un estado de equilibrio y seguridad física, el poder, tanto intelectual como físico, estaría fuera de lugar. Juzgué que durante innumerables años no había habido peligro de guerra o violencia solitaria, ni peligro de bestias salvajes, ni enfermedades que requirieran fuerza en la constitución, ni necesidad de trabajo. Para una vida así, los que deberíamos llamar débiles están tan bien equipados como los fuertes, de hecho ya no son débiles. Incluso, están mejor equipados, ya que los fuertes se verían afectados por una energía para la que no hay salida. Sin duda, la exquisita belleza de los edificios que vi fue el resultado de las últimas operaciones de la energía de la humanidad, ahora sin propósito, antes de que se estableciera en perfecta armonía con las condiciones en las que vivía... el florecimiento de ese triunfo que inició la última gran paz. Este ha sido

eroticism, and then come languor and decay.

«Even this artistic impetus would at last die away—had almost died in the Time I saw. To adorn themselves with flowers, to dance, to sing in the sunlight; so much was left of the artistic spirit, and no more. Even that would fade in the end into a contented inactivity. We are kept keen on the grindstone of pain and necessity, and, it seemed to me, that here was that hateful grindstone broken at last!

«As I stood there in the gathering dark I thought that in this simple explanation I had mastered the problem of the world—mastered the whole secret of these delicious people. Possibly the checks they had devised for the increase of population had succeeded too well, and their numbers had rather diminished than kept stationary. That would account for the abandoned ruins. Very simple was my explanation, and plausible enough—as most wrong theories are!

siempre el destino de la energía en la seguridad; se lleva consigo el arte y el erotismo, y luego vienen la languidez y la decadencia.

«Incluso este ímpetu artístico se extinguiría al final... ya casi había muerto en el Tiempo que vi. Adornarse con flores, bailar, cantar a la luz del sol; eso quedaba del espíritu artístico, y nada más. Incluso eso se desvanecería al final en una feliz inactividad. Nuestro filo se mantiene sobre la piedra de afilar que son el dolor y la necesidad, ¡y me pareció que aquí estaba esa odiosa piedra de afilar rota al fin!

«Mientras permanecía allí, en la oscuridad creciente, pensé que en esta sencilla explicación había dominado el problema del mundo... había dominado todo el secreto de esta deliciosa gente. Posiblemente los controles que habían ideado para el aumento de la población habían tenido demasiado éxito, y su número había disminuido en lugar de mantenerse estacionario. Eso explicaría las ruinas abandonadas. Mi explicación era muy sencilla y bastante plausible... ¡como lo son la mayoría de las teorías erróneas!

«As I stood there musing over this too perfect triumph of man, the full moon, yellow and gibbous, came up out of an overflow of silver light in the north-east. The bright little figures ceased to move about below, a noiseless owl flitted by, and I shivered with the chill of the night. I determined to descend and find where I could sleep.

«I looked for the building I knew. Then my eye travelled along to the figure of the White Sphinx upon the pedestal of bronze, growing distinct as the light of the rising moon grew brighter. I could see the silver birch against it. There was the tangle of rhododendron bushes, black in the pale light, and there was the little lawn. I looked at the lawn again. A queer doubt chilled my complacency. 'No,' said I stoutly to myself, 'that was not the lawn.'

«But it *was* the lawn. For the white leprous face of the sphinx was towards it. Can you imagine what I felt as this conviction came home to me? But you cannot. The Time Machine was gone!

«At once, like a lash across the face, came the possibility of losing my own age, of being left helpless in this strange new world. The bare thought of it was an actual physical sensation. I could feel it grip me at the throat and stop my breathing. In another moment I was in a passion of fear and running with great leaping strides down the slope. Once I fell headlong and cut my face; I lost no time in stanching the blood, but jumped up and ran on, with a warm trickle down my cheek and chin. All the time I ran I was saying to myself: 'They have moved it a little, pushed it under the bushes out of the way.' Nevertheless, I ran with all my might. All the time, with the certainty that sometimes comes with excessive dread, I knew that such assurance was folly, knew instinctively that the machine was removed out of my reach. My breath came with pain. I suppose I covered the whole distance from the hill crest to the little lawn, two miles perhaps, in ten minutes. And I am not a young man. I cursed aloud, as I ran, at my confident folly in leaving the machine, wasting good breath thereby. I cried aloud, and none answered. Not a creature seemed to be stirring in that moonlit world.

«Mientras estaba allí, meditando sobre este triunfo demasiado perfecto de la humanidad, la luna llena, amarilla y gibosa, salió de un desbordamiento de luz plateada en el noreste. Las pequeñas figuras brillantes dejaron de moverse por debajo, un búho silencioso revoloteó, y yo temblé con el frío de la noche. Decidí descender y encontrar un lugar donde poder dormir.

«Busqué el edificio que conocía. En ese momento mi vista se dirigió a la figura de la Esfinge Blanca sobre el pedestal de bronce que se distinguía a medida que la luz de la luna creciente se hacía más brillante. Pude ver el abedul plateado contra ella. Allí estaba la maraña de arbustos de rododendro, negros en la pálida luz, y allí estaba la pequeña parcela de césped. Volví a mirar el césped. Una extraña duda heló mi complacencia. "No", me dije con firmeza, "esa no era la parcela de césped".

«Pero *era* la parcela de césped. Porque el rostro blanco y leproso de la esfinge miraba hacia allí. ¿Pueden imaginar lo que sentí cuando esta convicción llegó a mí? No, no pueden. ¡La Máquina del Tiempo había desaparecido!

«De inmediato, como un latigazo en la cara, había llegado la posibilidad de perder mi propia era, de quedar desamparado en este extraño nuevo mundo. El mero hecho de pensarlo se convertía en una sensación física real. Podía sentir que me atenazaba la garganta y me impedía respirar. Al momento siguiente, el miedo se apoderaba de mí y yo corría a grandes zancadas por la ladera. En una ocasión me caí de cabeza y me corté la cara; no perdí tiempo en contener la sangre, sino que me levanté de un salto y seguí corriendo, con un goteo caliente cayendo por la mejilla y la barbilla. Todo el tiempo que corría me decía "la han movido un poco, la han empujado bajo los arbustos para que no estorbe". Sin embargo, corrí con todas mis fuerzas. Todo el tiempo tuve la certeza que a veces acompaña al miedo excesivo, sabía que esa seguridad era una locura, sabía instintivamente que la máquina había sido puesta fuera de mi alcance. Mi respiración era dolorosa. Supongo que cubrí toda la distancia desde la cresta de la colina hasta la pequeña parcela de césped, dos millas quizás, en diez minutos. Y no soy un hombre joven. Maldije en voz alta, mientras corría, mi confiada insensatez al dejar la máquina, desperdiciando así un buen aliento. Grité en voz alta y nadie respon-

«When I reached the lawn my worst fears were realised. Not a trace of the thing was to be seen. I felt faint and cold when I faced the empty space among the black tangle of bushes. I ran round it furiously, as if the thing might be hidden in a corner, and then stopped abruptly, with my hands clutching my hair. Above me towered the sphinx, upon the bronze pedestal, white, shining, leprous, in the light of the rising moon. It seemed to smile in mockery of my dismay.

«I might have consoled myself by imagining the little people had put the mechanism in some shelter for me, had I not felt assured of their physical and intellectual inadequacy. That is what dismayed me: the sense of some hitherto unsuspected power, through whose intervention my invention had vanished. Yet, for one thing I felt assured: unless some other age had produced its exact duplicate, the machine could not have moved in time. The attachment of the levers—I will show you the method later—prevented anyone from tampering with it in that way when they were removed. It had moved, and was hid, only in space. But then, where could it be?

«I think I must have had a kind of frenzy. I remember running violently in and out among the moonlit bushes all round the sphinx, and startling some white animal that, in the dim light, I took for a small deer. I remember, too, late that night, beating the bushes with my clenched fist until my knuckles were gashed and bleeding from the broken twigs. Then, sobbing and raving in my anguish of mind, I went down to the great building of stone. The big hall was dark, silent, and deserted. I slipped on the uneven floor, and fell over one of the malachite tables, almost breaking my shin. I lit a match and went on past the dusty curtains, of which I have told you.

«There I found a second great hall covered with cushions, upon which, perhaps, a score or so of the little people were sleeping. I have no doubt they found my second appearance strange enough, coming suddenly out of the quiet darkness with inarticulate noises and the splutter and flare of a match. For they had forgotten about matches.

dió. Ninguna criatura parecía moverse en aquel mundo iluminado por la luna.

«Cuando llegué al césped, mis peores temores se hicieron realidad. No había rastro de la cosa. Me sentí débil y frío cuando me enfrenté al espacio vacío entre la negra maraña de arbustos. Lo recorrí furiosamente, como si la cosa pudiera estar escondida en un rincón, y luego me detuve bruscamente, agarrando mi cabello con las manos. Sobre mí se alzaba la esfinge, sobre el pedestal de bronce, blanca, brillante, leprosa, a la luz de la luna creciente. Parecía sonreír, burlándose de mi consternación.

«Podría haberme consolado imaginando que las personitas habían puesto el mecanismo en algún refugio —para mí— si no me hubiera sentido seguro de su insuficiencia física e intelectual. Eso es lo que me consternaba: la sensación de un poder hasta ahora insospechado, por cuya intervención mi invento se había desvanecido. Sin embargo, estaba seguro de una cosa: a menos que alguna otra época hubiera producido su duplicado exacto, la máquina no podría haberse movido en el tiempo. La fijación de las palancas —más adelante les mostraré el método— impedía que nadie la manipulara al efecto cuando estaban quitadas. Habían movido la máquina, sólo que en el espacio, y estaba escondida. Pero entonces, ¿dónde podría estar?

«Creo que debo haber sentido una especie de frenesí. Recuerdo haber corrido violentamente entre los arbustos iluminados por la luna alrededor de la esfinge, y haber asustado a algún animal blanco que, en la penumbra, tomé por un pequeño ciervo. Recuerdo también, a última hora de la noche, haber golpeado los arbustos con el puño cerrado hasta que me herí los nudillos y me sangraron por las ramitas rotas. Entonces, sollozando y desvariando en mi angustia mental, bajé al gran edificio de piedra. El gran salón estaba oscuro, silencioso y desierto. Resbalé en el suelo irregular y caí sobre una de las mesas de malaquita, casi rompiéndome la canilla. Encendí una cerilla y pasé por delante de las cortinas polvorientas de las que les he hablado.

«Allí encontré una segunda gran sala cubierta de cojines, sobre la que, tal vez, dormían una veintena de personitas. No me cabe duda de que mi segunda aparición les resultó bastante extraña, al salir repentinamente de la tranquila oscuridad con ruidos inarticulados y el chisporroteo y el resplandor de una cerilla. Porque ellos habían olvidado que

'Where is my Time Machine?' I began, bawling like an angry child, laying hands upon them and shaking them up together. It must have been very queer to them. Some laughed, most of them looked sorely frightened. When I saw them standing round me, it came into my head that I was doing as foolish a thing as it was possible for me to do under the circumstances, in trying to revive the sensation of fear. For, reasoning from their daylight behaviour, I thought that fear must be forgotten.

«Abruptly, I dashed down the match, and knocking one of the people over in my course, went blundering across the big dining-hall again, out under the moonlight. I heard cries of terror and their little feet running and stumbling this way and that. I do not remember all I did as the moon crept up the sky. I suppose it was the unexpected nature of my loss that maddened me. I felt hopelessly cut off from my own kind—a strange animal in an unknown world. I must have raved to and fro, screaming and crying upon God and Fate. I have a memory of horrible fatigue, as the long night of despair wore away; of looking in this impossible place and that; of groping among moonlit ruins and touching strange creatures in the black shadows; at last, of lying on the ground near the sphinx and weeping with absolute wretchedness, even anger at the folly of leaving the machine having leaked away with my strength. I had nothing left but misery. Then I slept, and when I woke again it was full day, and a couple of sparrows were hopping round me on the turf within reach of my arm.

«I sat up in the freshness of the morning, trying to remember how I had got there, and why I had such a profound sense of desertion and despair. Then things came clear in my mind. With the plain, reasonable daylight, I could look my circumstances fairly in the face. I saw the wild folly of my frenzy overnight, and I could reason with myself. 'Suppose the worst?' I said. 'Suppose the machine altogether lost—perhaps destroyed? It behoves me to be calm and patient, to learn the way of the people, to get a clear idea of the method of my loss, and the means of getting materials and tools; so that in the end, perhaps, I may make another.' That would be my only hope, a poor hope, perhaps, but better than despair. And, after all, it was a beautiful and curious world.

existían las cerillas. "¿Dónde está mi Máquina del Tiempo?", empecé a decir, berreando como un niño enfadado, poniéndoles las manos encima y sacudiéndolos al mismo tiempo. Debió de resultarles muy extraño. Algunos se rieron, la mayoría parecía muy asustada. Cuando los vi de pie a mi alrededor, me vino a la cabeza que estaba cometiendo la mayor tontería posible, dadas las circunstancias, al tratar de revivir la sensación de miedo. Porque, razonando a partir de su comportamiento a la luz del día, pensé que el miedo debía haber sido olvidado.

«De repente, me lancé, y derribando a una de las personas en mi camino, fui dando tumbos por el gran comedor de nuevo, bajo la luz de la luna. Oí gritos de terror y sus piececitos corriendo y tropezando de un lado a otro. No recuerdo cada detalle de lo que hice mientras la luna subía por el cielo. Supongo que fue la naturaleza inesperada de mi pérdida lo que me enloqueció. Me sentía irremediablemente aislado de los míos... un animal extraño en un mundo desconocido. Debí de desvariar de un lado a otro, gritando y llorando a Dios y al Destino. Tengo el recuerdo de una horrible fatiga, a medida que la larga noche de desesperación se iba consumiendo; de buscar en cada lugar imposible; de andar a tientas entre las ruinas iluminadas por la luna y de tocar extrañas criaturas en las negras sombras; por fin, de tumbarme en el suelo cerca de la esfinge y llorar con absoluta desdicha, incluso la ira por la insensatez de abandonar la máquina se había esfumado junto con mis fuerzas. No me quedaba más que la miseria. Luego dormí, y cuando me desperté de nuevo era pleno día, y un par de gorriones saltaban a mi alrededor en el césped, al alcance de mi brazo.

«Me senté al fresco de la mañana, tratando de recordar cómo había llegado allí, y por qué tenía una sensación tan profunda de abandono y desesperación. Entonces las cosas se aclararon en mi mente. Con la luz del día, tan razonable, pude mirar mis circunstancias cara a cara. Vi la salvaje locura de mi frenesí de la noche anterior, y pude razonar conmigo mismo. "Supongamos lo peor", dije. "Supongamos que la máquina esté totalmente perdida... tal vez destruida. Me corresponde tener calma y paciencia, aprender el modo de ser de esta gente, tener una idea clara de cómo se perdió, y los medios para conseguir materiales y herramientas; para que al final, tal vez, pueda fabricar otra". Esa iba a ser mi única esperanza, una débil esperanza, tal vez, pero mejor que la desesperación. Y, después de todo, era un mundo hermoso y curioso.

«But probably the machine had only been taken away. Still, I must be calm and patient, find its hiding-place, and recover it by force or cunning. And with that I scrambled to my feet and looked about me, wondering where I could bathe. I felt weary, stiff, and travel-soiled. The freshness of the morning made me desire an equal freshness. I had exhausted my emotion. Indeed, as I went about my business, I found myself wondering at my intense excitement overnight. I made a careful examination of the ground about the little lawn. I wasted some time in futile questionings, conveyed, as well as I was able, to such of the little people as came by. They all failed to understand my gestures; some were simply stolid, some thought it was a jest and laughed at me. I had the hardest task in the world to keep my hands off their pretty laughing faces. It was a foolish impulse, but the devil begotten of fear and blind anger was ill curbed and still eager to take advantage of my perplexity. The turf gave better counsel. I found a groove ripped in it, about midway between the pedestal of the sphinx and the marks of my feet where, on arrival, I had struggled with the overturned machine. There were other signs of removal about, with queer narrow footprints like those I could imagine made by a sloth. This directed my closer attention to the pedestal. It was, as I think I have said, of bronze. It was not a mere block, but highly decorated with deep framed panels on either side. I went and rapped at these. The pedestal was hollow. Examining the panels with care I found them discontinuous with the frames. There were no handles or keyholes, but possibly the panels, if they were doors, as I supposed, opened from within. One thing was clear enough to my mind. It took no very great mental effort to infer that my Time Machine was inside that pedestal. But how it got there was a different problem.

«I saw the heads of two orange-clad people coming through the bushes and under some blossom-covered apple-trees towards me. I turned smiling to them, and beckoned them to me. They came, and then, pointing to the bronze pedestal, I tried to intimate my wish to open it. But at my first gesture towards this they behaved very oddly. I don't know how to convey their expression to you. Suppose you were to use a grossly improper gesture to a delicate-minded woman—it is how she would look. They went off as if they had received the last possible insult. I tried a sweet-looking little chap in white next, with

«Pero probablemente la máquina sólo había sido apartada. Aun así, yo debía mantener la calma y la paciencia, encontrar su escondite y recuperarla por la fuerza o por la astucia. Y con eso me puse en pie y miré a mi alrededor, preguntándome dónde podría bañarme. Me sentía cansado, rígido y sucio por el viaje. La frescura de la mañana me hizo desear una frescura igual. Había agotado mi emoción. De hecho, mientras seguía con mis asuntos, me encontré preguntándome por mi intensa excitación de la noche anterior. Examiné cuidadosamente el suelo de la pequeña parcela de césped. Perdí algo de tiempo en inútiles preguntas, comunicadas, como pude, a la pequeña gente que se acercaba. Ninguno entendía mis gestos; algunos se quedaban simplemente inmóviles, otros pensaban que era una broma y se reían de mí. Me costó lo indecible mantener las manos alejadas de sus bonitas caras risueñas. Era un impulso insensato, pero el demonio engendrado por el miedo y la ira ciega estaba apenas refrenado y seguía deseando aprovecharse de mi perplejidad. El césped me aconsejó mejor. Encontré un surco rasgado en él, más o menos a medio camino entre el pedestal de la esfinge y las marcas de mis pies donde, al llegar, había luchado con la máquina volcada. Había otras señales de remoción, con huellas extrañas y estrechas como las que podría imaginar que ha hecho un perezoso. Esto dirigió mi atención hacia el pedestal. Era, como creo haber dicho, de bronce. No era un simple bloque, sino que estaba muy decorado con grandes paneles enmarcados a ambos lados. Me acerqué a ellos y los golpeé. El pedestal estaba hueco. Al examinar los paneles con cuidado, descubrí que eran discontinuos, había una abertura entre los marcos. No había picaportes ni cerraduras, pero posiblemente los paneles, si eran puertas, como yo suponía, se abrían desde dentro. Una cosa estaba suficientemente clara en mi mente: no me costó mucho esfuerzo mental deducir que mi Máquina del Tiempo estaba dentro de aquel pedestal. Pero cómo había llegado allí era un problema diferente.

«Vi las cabezas de dos personas vestidas de naranja que venían hacia mí a través de los arbustos y bajo unos manzanos cubiertos de flores. Me volví sonriente hacia ellos y les hice señas para que se acercaran. Vinieron, y entonces, señalando el pedestal de bronce, intenté insinuar mi deseo de abrirlo. Pero ante mi primer gesto en ese sentido se comportaron de forma muy extraña. No sé cómo transmitirles su expresión. Supongamos que ustedes hicieran un gesto groseramente impropio a una mujer de mente delicada... así es como se vería. Se fueron como si hubieran recibido el máximo insulto posible. A continuación, probé con

exactly the same result. Somehow, his manner made me feel asha-
med of myself. But, as you know, I wanted the Time Machine, and I
tried him once more. As he turned off, like the others, my temper got
the better of me. In three strides I was after him, had him by the loose
part of his robe round the neck, and began dragging him towards the
sphinx. Then I saw the horror and repugnance of his face, and all of
a sudden I let him go.

«But I was not beaten yet. I banged with my fist at the bronze panels. I thought I heard something stir inside—to be explicit, I thought
I heard a sound like a chuckle—but I must have been mistaken. Then
I got a big pebble from the river, and came and hammered till I had
flattened a coil in the decorations, and the verdigris came off in pow-
dery flakes. The delicate little people must have heard me hammering in gusty outbreaks a mile away on either hand, but nothing came
of it. I saw a crowd of them upon the slopes, looking furtively at me. At
last, hot and tired, I sat down to watch the place. But I was too restless
to watch long; I am too Occidental for a long vigil. I could work at a
problem for years, but to wait inactive for twenty-four hours—that is
another matter.

«I got up after a time, and began walking aimlessly through the bushes towards the hill again. 'Patience,' said I to myself. 'If you want
your machine again you must leave that sphinx alone. If they mean
to take your machine away, it's little good your wrecking their bronze
panels, and if they don't, you will get it back as soon as you can ask for
it. To sit among all those unknown things before a puzzle like that is
hopeless. That way lies monomania. Face this world. Learn its ways,
watch it, be careful of too hasty guesses at its meaning. In the end you
will find clues to it all.' Then suddenly the humour of the situation
came into my mind: the thought of the years I had spent in study and
toil to get into the future age, and now my passion of anxiety to get out
of it. I had made myself the most complicated and the most hopeless
trap that ever a man devised. Although it was at my own expense, I
could not help myself. I laughed aloud.

«Going through the big palace, it seemed to me that the little

un muchacho blanco de aspecto dulce, con el mismo resultado. De alguna manera, su forma de actuar me hizo sentirme avergonzado de mí mismo. Pero, como saben, yo quería la Máquina del Tiempo, y lo intenté una vez más. Cuando se marchó, como los demás, mi temperamento se apoderó de mí. En tres zancadas fui tras él, lo tenía agarrado por la parte suelta de su túnica alrededor del cuello, y comencé a arrastrarlo hacia la esfinge. Entonces vi el horror y la repugnancia de su rostro, y de repente lo solté.

«Pero aún no estaba vencido. Golpeé con el puño los paneles de bronce. Me pareció oír que algo se movía en el interior —para ser explícito, me pareció oír un sonido como de risa—, pero debí de equivocarme. Entonces cogí una gran piedra del río, y me acerqué y martillé hasta que aplasté un rollo en las decoraciones, y el verdín se desprendió en copos de polvo. Las delicadas personitas debieron de oírme martillear en arremetidas a una milla de distancia para cada lado, pero no conseguí nada. Vi una multitud de ellos en las laderas, mirándome furtivamente. Por fin, acalorado y cansado, me senté a vigilar el lugar. Pero estaba demasiado inquieto como para vigilar mucho tiempo; soy demasiado occidental para una larga vigilia. Podría trabajar en un problema durante años, pero esperar inactivo durante veinticuatro horas... eso es otra cosa.

«Me levanté al cabo de un rato y comencé a caminar sin rumbo entre los arbustos hacia la colina de nuevo. "Paciencia", me dije. "Si quieres volver a tener tu máquina, debes dejar en paz a esa esfinge. Si pretenden quitarte la máquina, de poco sirve que destroces sus paneles de bronce, y si no lo hacen, la recuperarás en cuanto puedas pedirla. Sentarse entre todas esas cosas desconocidas ante un rompecabezas como ese no tiene remedio. Por ahí va la monomanía. Enfréntate a este mundo. Aprende sus formas, obsérvalo, ten cuidado con las conjeturas demasiado precipitadas sobre su significado. Al final encontrarás las claves de todo ello". Entonces, de repente, me vino a la mente el humor de la situación: el pensamiento de los años que había pasado estudiando y trabajando para llegar a la edad futura, y ahora mi pasión y ansiedad por salir de ella. Me había tendido a mí mismo la trampa más complicada y más desesperada que jamás haya ideado un hombre. Aunque fuera a mi costa, no pude evitarlo. Me reí en voz alta.

«Al atravesar el gran palacio, me pareció que la pequeña gente me

people avoided me. It may have been my fancy, or it may have had something to do with my hammering at the gates of bronze. Yet I felt tolerably sure of the avoidance. I was careful, however, to show no concern and to abstain from any pursuit of them, and in the course of a day or two things got back to the old footing. I made what progress I could in the language, and in addition I pushed my explorations here and there. Either I missed some subtle point or their language was excessively simple—almost exclusively composed of concrete substantives and verbs. There seemed to be few, if any, abstract terms, or little use of figurative language. Their sentences were usually simple and of two words, and I failed to convey or understand any but the simplest propositions. I determined to put the thought of my Time Machine, and the mystery of the bronze doors under the sphinx, as much as possible in a corner of memory until my growing knowledge would lead me back to them in a natural way. Yet a certain feeling, you may understand tethered me in a circle of a few miles round the point of my arrival.

evitaba. Puede que fuera mi imaginación, o puede que tuviera algo que ver con mi martilleo en las puertas de bronce. Sin embargo, estaba bastante seguro de que me evitaban. No obstante, tuve cuidado de no mostrar preocupación y de abstenerme de perseguirlos, y en el transcurso de uno o dos días las cosas volvieron a ser como antes. Hice los progresos que pude en el idioma y, además, impulsé mis exploraciones aquí y allá. O bien me perdí algún punto sutil o su lenguaje era excesivamente sencillo... casi exclusivamente compuesto por sustantivos y verbos concretos. Parecía haber pocos términos abstractos, si es que había alguno, o poco uso del lenguaje figurado. Sus frases solían ser sencillas y de dos palabras, y yo no lograba decir o entender más que las proposiciones más sencillas. Decidí poner el pensamiento de mi Máquina del Tiempo, y el misterio de las puertas de bronce bajo la esfinge, en un rincón de la memoria, en la medida de lo posible, hasta que mi creciente conocimiento me llevara de nuevo a ellos de una manera natural. Sin embargo, un cierto sentimiento, como comprenderán, me ataba a un círculo de unas pocas millas alrededor del punto de mi llegada.

VIII — EXPLANATION

«So far as I could see, all the world displayed the same exuberant richness as the Thames valley. From every hill I climbed I saw the same abundance of splendid buildings, endlessly varied in material and style; the same clustering thickets of evergreens. the same blossom-laden trees and tree ferns. Here and there water shone like silver, and beyond, the land rose into blue undulating hills, and so faded into the serenity of the sky. A peculiar feature, which presently attracted my attention, was the presence of certain circular wells, several, as it seemed to me, of at very great depth. One lay by the path up the hill which I had followed during my first walk. Like the others, it was rimmed with bronze, curiously wrought, and protected by a little cupola from the rain. Sitting by the side of those wells, and peering down into the shafted darkness, I could see no gleam of water, nor could I start any reflection with a lighted match. But in all of them I heard a certain sound: a thud—thud—thud, like the beating of some big engine; and I discovered, from the flaring of my matches, that a steady current of air set down the shafts. Further, I threw a scrap of paper into the throat of one, and, instead of fluttering slowly down, it was at once sucked swiftly out of sight.

«After a time, too, I came to connect these wells with tall towers standing here and there upon the slopes; for above them there was often just such a flicker in the air as one sees on a hot day above a sun-scorched beach. Putting things together, I reached a strong suggestion of an extensive system of subterranean ventilation, whose true import it was difficult to imagine. I was at first inclined to associate it with the sanitary apparatus of these people. It was an obvious conclusion, but it was absolutely wrong.

«And here I must admit that I learnt very little of drains and bells and modes of conveyance, and the like conveniences, during my time in this real future. In some of these visions of Utopias and coming times which I have read, there is a vast amount of detail about building, and social arrangements, and so forth. But while such details are easy enough to obtain when the whole world is contained in one's imagination, they are altogether inaccessible to a real traveller amid such realities as I found here. Conceive the tale of London which a

«Hasta donde podía ver, el mundo entero mostraba la misma exuberante riqueza que el valle del Támesis. Desde cada colina a la que subía veía la misma abundancia de espléndidos edificios, infinitamente variados en material y estilo; los mismos matorrales de árboles de hoja perenne, los mismos árboles cargados de flores y helechos arborescentes. Aquí y allá el agua brillaba como la plata, y más allá, la tierra se elevaba en azules colinas onduladas, y así se desvanecía en la serenidad del cielo. Un rasgo peculiar, que atrajo mi atención en ese momento, fue la presencia de ciertos pozos circulares, varios, como me pareció, de gran profundidad. Uno de ellos se encontraba junto al sendero que había seguido durante mi primera caminata. Al igual que los demás, estaba rodeado de bronce, curiosamente forjado, y protegido de la lluvia por una pequeña cúpula. Sentado al lado de aquellos pozos, y mirando hacia abajo en la oscuridad de ellos, no pude ver ningún destello de agua, ni pude lograr ningún reflejo con una cerilla encendida. Pero en todos ellos oí un cierto sonido: un ruido sordo, como el de un gran motor; y descubrí, por el brillo de mis cerillas, que una corriente constante de aire bajaba por los pozos. Además, arrojé un trozo de papel a uno de ellos y, en lugar de bajar lentamente, fue absorbido rápidamente hasta perderse de vista.

«Después de un tiempo, llegué a relacionar estos pozos con las altas torres que se alzaban aquí y allá en las laderas; porque por encima de ellas había a menudo un parpadeo en el aire como el que se ve en un día caluroso sobre una playa quemada por el sol. Poniendo estas cosas en relación, llegué a convencerme que había un extenso sistema de ventilación subterránea, cuyo verdadero impacto era difícil de imaginar. Al principio me sentí inclinado a asociarlo con el aparato sanitario de estas personas. Era una conclusión obvia, pero absolutamente errónea.

«Y aquí debo admitir que aprendí muy poco sobre desagües y campanas y modos de transporte, y comodidades similares, durante mi tiempo en este futuro real. En algunas de estas visiones de las Utopías y de los tiempos venideros que he leído, hay una gran cantidad de detalles sobre la construcción, y los arreglos sociales, y así sucesivamente. Pero mientras tales detalles son bastante fáciles de obtener cuando el mundo entero está contenido en la propia imaginación son totalmente inaccesibles para un verdadero viajero en medio de realidades como

negro, fresh from Central Africa, would take back to his tribe! What would he know of railway companies, of social movements, of telephone and telegraph wires, of the Parcels Delivery Company, and postal orders and the like? Yet we, at least, should be willing enough to explain these things to him! And even of what he knew, how much could he make his untravelled friend either apprehend or believe? Then, think how narrow the gap between a negro and a white man of our own times, and how wide the interval between myself and these of the Golden Age! I was sensible of much which was unseen, and which contributed to my comfort; but save for a general impression of automatic organization, I fear I can convey very little of the difference to your mind.

«In the matter of sepulture, for instance, I could see no signs of crematoria nor anything suggestive of tombs. But it occurred to me that, possibly, there might be cemeteries (or crematoria) somewhere beyond the range of my explorings. This, again, was a question I deliberately put to myself, and my curiosity was at first entirely defeated upon the point. The thing puzzled me, and I was led to make a further remark, which puzzled me still more: that aged and infirm among this people there were none.

«I must confess that my satisfaction with my first theories of an automatic civilization and a decadent humanity did not long endure. Yet I could think of no other. Let me put my difficulties. The several big palaces I had explored were mere living places, great dining-halls and sleeping apartments. I could find no machinery, no appliances of any kind. Yet these people were clothed in pleasant fabrics that must at times need renewal, and their sandals, though undecorated, were fairly complex specimens of metal-work. Somehow such things must be made. And the little people displayed no vestige of a creative tendency. There were no shops, no workshops, no sign of importations among them. They spent all their time in playing gently, in bathing in the river, in making love in a half-playful fashion, in eating fruit and sleeping. I could not see how things were kept going.

«Then, again, about the Time Machine: something, I knew not what, had taken it into the hollow pedestal of the White Sphinx. *Why?*

las que encontré aquí. Imagínense la historia de Londres que un negro, recién llegado del África Central, llevaría a su tribu. ¿Qué va a saber de las compañías de ferrocarril, de los movimientos sociales, de los cables de teléfono y telégrafo, de la Compañía de Reparto de Paquetes, y de los giros postales y similares? Sin embargo, nosotros, al menos, estaríamos lo suficientemente dispuestos a explicarle estas cosas. E incluso de lo que él sabía, ¿cuánto podría hacer comprender o creer a su inexperto amigo? Entonces, ¡piensen en lo estrecha que es la brecha entre un negro y un hombre blanco de nuestros tiempos, y lo amplio que es el intervalo entre yo y éstos de la Edad de Oro! Me di cuenta de muchas cosas que no se veían, y que contribuyeron a mi comodidad; pero salvo una impresión general de organización automática, me temo que puedo transmitir muy poco de esta diferencia a la mente de ustedes.

«En cuanto a los sepulcros, por ejemplo, no pude ver signos de crematorios ni nada que sugiriera la existencia de tumbas. Pero se me ocurrió que, posiblemente, podría haber cementerios (o crematorios) en algún lugar más allá del alcance de mis exploraciones. También en este caso me pregunté a mí mismo, y al principio mi curiosidad se frustró por completo. La cosa me desconcertó, y me llevó a hacer otra observación, que me desconcertó aún más: que entre esta gente no había ni ancianos ni enfermos.

«Debo confesar que mi satisfacción con mis primeras teorías de una civilización automática y una humanidad decadente no duró mucho. Sin embargo, no podía pensar en una alternativa. Permítanme exponer mis dificultades. Los numerosos grandes palacios que había explorado eran meros lugares para vivir, grandes comedores y apartamentos para dormir. No pude encontrar maquinaria, ni aparatos de ningún tipo. Sin embargo, esta gente iba vestida con tejidos agradables que a veces debían renovarse y, sus sandalias, aunque no estaban decoradas, eran objetos bastante complejos de trabajo en metal. De alguna manera, estas cosas deben ser hechas. Y la pequeña gente no mostraba ningún vestigio de tendencia creativa. No había tiendas, ni talleres, ni señales de importaciones entre ellos. Se dedicaban a jugar suavemente, a bañarse en el río, a hacer el amor de forma medio lúdica, a comer fruta y a dormir. No podía ver cómo se mantenían las cosas.

«Luego, de nuevo, sobre la Máquina del Tiempo: algo, no sabía qué, la había llevado al pedestal hueco de la Esfinge Blanca. *¿Por qué?* Lo juro

For the life of me I could not imagine. Those waterless wells, too, those flickering pillars. I felt I lacked a clue. I felt—how shall I put it? Suppose you found an inscription, with sentences here and there in excellent plain English, and interpolated therewith, others made up of words, of letters even, absolutely unknown to you? Well, on the third day of my visit, that was how the world of Eight Hundred and Two Thousand Seven Hundred and One presented itself to me!

«That day, too, I made a friend—of a sort. It happened that, as I was watching some of the little people bathing in a shallow, one of them was seized with cramp and began drifting down stream. The main current ran rather swiftly, but not too strongly for even a moderate swimmer. It will give you an idea, therefore, of the strange deficiency in these creatures, when I tell you that none made the slightest attempt to rescue the weakly crying little thing which was drowning before their eyes. When I realized this, I hurriedly slipped off my clothes, and, wading in at a point lower down, I caught the poor mite and drew her safe to land. A little rubbing of the limbs soon brought her round, and I had the satisfaction of seeing she was all right before I left her. I had got to such a low estimate of her kind that I did not expect any gratitude from her. In that, however, I was wrong.

«This happened in the morning. In the afternoon I met my little woman, as I believe it was, as I was returning towards my centre from an exploration, and she received me with cries of delight and presented me with a big garland of flowers—evidently made for me and me alone. The thing took my imagination. Very possibly I had been feeling desolate. At any rate I did my best to display my appreciation of the gift. We were soon seated together in a little stone arbour, engaged in conversation, chiefly of smiles. The creature's friendliness affected me exactly as a child's might have done. We passed each other flowers, and she kissed my hands. I did the same to hers. Then I tried talk, and found that her name was Weena, which, though I don't know what it meant, somehow seemed appropriate enough. That was the beginning of a queer friendship which lasted a week, and ended—as I will tell you!

«She was exactly like a child. She wanted to be with me always. She tried to follow me everywhere, and on my next journey out and about it went to my heart to tire her down, and leave her at last, exhausted

por mi vida, no podía imaginarlo. También esos pozos sin agua, esos pilares parpadeantes. Sentí que me faltaba una pista. Sentí... ¿cómo decirlo? Supongamos que encuentran una inscripción, con frases aquí y allá en un excelente inglés sencillo, e interpoladas con ellas, otras formadas por palabras, por letras incluso, absolutamente desconocidas para ustedes. Pues bien, al tercer día de mi visita, ¡así fue como se me presentó el mundo de Ochocientos y Dos Mil Setecientos Uno!

«También aquel día hice una amistad... en cierto modo. Sucedió que, mientras observaba a algunos de las personitas que se bañaban en un lugar poco profundo, una de ellos sufrió un calambre y comenzó a ir a la deriva corriente abajo. La corriente principal era bastante rápida, pero no demasiado fuerte para un nadador medio. Les dará una idea, por lo tanto, de la extraña deficiencia de estas criaturas, cuando les diga que ninguna hizo el más mínimo intento de rescatar a la pobre cosita que se ahogaba ante sus ojos. Cuando me di cuenta de ello, me quité rápidamente la ropa y, vadeando un punto más abajo, cogí a la pobre criatura y la llevé a tierra firme. Un pequeño roce de las extremidades la hizo volver en sí, y tuve la satisfacción de ver que estaba bien antes de dejarla. Había llegado a estimar tan poco a su especie que no esperaba ninguna gratitud de ella. Sin embargo, me equivoqué.

«Esto ocurrió por la mañana. Por la tarde me encontré con mi mujercita, como creo que era, cuando volvía hacia mi centro desde una exploración, y me recibió con gritos de alegría y me regaló una gran guirnalda de flores... evidentemente hecha para mí y sólo para mí. La cosa despertó mi imaginación. Muy posiblemente me había sentido desolado. En cualquier caso, hice todo lo posible para mostrar mi agradecimiento por el regalo. Pronto estuvimos sentados juntos en un pequeño pabellón de piedra, enfrascados en una conversación, principalmente de sonrisas. La amabilidad de la criatura me afectó exactamente como lo hubiera hecho la de un niño. Nos pasamos flores y ella me besó las manos. Yo hice lo mismo con las suyas. Luego intenté hablar con ella y descubrí que su nombre era Weena, que, aunque no sé lo que significa, me pareció bastante apropiado. Ese fue el comienzo de una extraña amistad que duró una semana, y que terminó... ¡como les contaré!

«Era exactamente como una niña. Quería estar siempre conmigo. Intentaba seguirme a todas partes, y en mi siguiente viaje de ida y vuelta se me antojaba cansarla y dejarla por fin, exhausta y llamando tras de

and calling after me rather plaintively. But the problems of the world had to be mastered. I had not, I said to myself, come into the future to carry on a miniature flirtation. Yet her distress when I left her was very great, her expostulations at the parting were sometimes frantic, and I think, altogether, I had as much trouble as comfort from her devotion. Nevertheless she was, somehow, a very great comfort. I thought it was mere childish affection that made her cling to me. Until it was too late, I did not clearly know what I had inflicted upon her when I left her. Nor until it was too late did I clearly understand what she was to me. For, by merely seeming fond of me, and showing in her weak, futile way that she cared for me, the little doll of a creature presently gave my return to the neighbourhood of the White Sphinx almost the feeling of coming home; and I would watch for her tiny figure of white and gold so soon as I came over the hill.

«It was from her, too, that I learnt that fear had not yet left the world. She was fearless enough in the daylight, and she had the oddest confidence in me; for once, in a foolish moment, I made threatening grimaces at her, and she simply laughed at them. But she dreaded the dark, dreaded shadows, dreaded black things. Darkness to her was the one thing dreadful. It was a singularly passionate emotion, and it set me thinking and observing. I discovered then, among other things, that these little people gathered into the great houses after dark, and slept in droves. To enter upon them without a light was to put them into a tumult of apprehension. I never found one out of doors, or one sleeping alone within doors, after dark. Yet I was still such a blockhead that I missed the lesson of that fear, and in spite of Weena's distress, I insisted upon sleeping away from these slumbering multitudes.

«It troubled her greatly, but in the end her odd affection for me triumphed, and for five of the nights of our acquaintance, including the last night of all, she slept with her head pillowed on my arm. But my story slips away from me as I speak of her. It must have been the night before her rescue that I was awakened about dawn. I had been restless, dreaming most disagreeably that I was drowned, and that sea-anemones were feeling over my face with their soft palps. I woke with a start, and with an odd fancy that some greyish animal had just rushed out of the chamber. I tried to get to sleep again, but I felt

mí de forma bastante lastimera. Pero había que superar los problemas del mundo. Me dije que no había venido al futuro para llevar a cabo un coqueteo en miniatura. Sin embargo, su angustia cuando la dejaba era muy grande, sus quejas al separarse eran a veces frenéticas, y creo que, en conjunto, su devoción me causaba tantos problemas como consuelo. Sin embargo, ella fue, de alguna manera, un gran apoyo. Pensé que era un mero afecto infantil lo que la hacía aferrarse a mí. Hasta que fue demasiado tarde, no supe claramente lo que le había infligido cuando la dejé. Hasta que fue demasiado tarde no comprendí claramente lo que era para mí. Porque, por el mero hecho de parecer que me quería, y de demostrar con su débil y fútil manera que se preocupaba por mí, la pequeña muñeca que era la criatura me otorgó en ese momento la sensación de volver a casa cuando regresaba a la vecindad de la Esfinge Blanca; y yo buscaba su diminuta figura blanca y dorada tan pronto como llegaba a la colina.

«De ella también aprendí que el miedo aún no había abandonado el mundo. Era bastante intrépida a la luz del día, y tenía una extraña confianza en mí; porque una vez, en un momento de insensatez, le hice muecas amenazadoras y ella simplemente se rió de ellas. Pero ella temía la oscuridad, temía las sombras, temía las cosas negras. Para ella, la oscuridad era lo único que le daba miedo. Era una emoción singularmente apasionada, y me hizo pensar y observar. Descubrí entonces, entre otras cosas, que estos pequeños se reunían en las grandes casas al anochecer y dormían en tropel. Entrar en las casas sin luz era provocarles un tumulto de aprensión. Nunca encontré a ninguno fuera de las puertas, ni a ninguno durmiendo solo dentro de ellas, después de oscurecer. Sin embargo, yo seguía siendo tan idiota que me perdí la lección de ese miedo, y a pesar de la angustia de Weena, insistí en dormir lejos de esas multitudes adormecidas.

«Le preocupaba mucho, pero al final triunfó su extraño afecto por mí, y durante cinco de las noches que nos conocimos, incluida la última, durmió con la cabeza apoyada en mi brazo. Pero mi historia se me va de las manos al hablar de ella. Debió de ser la noche anterior a su rescate cuando me despertaron al amanecer. Había estado inquieto, soñando muy desagradablemente que me ahogaba y que las anémonas de mar me palpaban la cara con sus suaves palpos. Me desperté con un sobresalto, y con la extraña sensación de que algún animal grisáceo acababa de salir corriendo de la cámara. Intenté volver a dormirme, pero me

restless and uncomfortable. It was that dim grey hour when things are just creeping out of darkness, when everything is colourless and clear cut, and yet unreal. I got up, and went down into the great hall, and so out upon the flagstones in front of the palace. I thought I would make a virtue of necessity, and see the sunrise.

«The moon was setting, and the dying moonlight and the first pallor of dawn were mingled in a ghastly half-light. The bushes were inky black, the ground a sombre grey, the sky colourless and cheerless. And up the hill I thought I could see ghosts. Three several times, as I scanned the slope, I saw white figures. Twice I fancied I saw a solitary white, ape-like creature running rather quickly up the hill, and once near the ruins I saw a leash of them carrying some dark body. They moved hastily. I did not see what became of them. It seemed that they vanished among the bushes. The dawn was still indistinct, you must understand. I was feeling that chill, uncertain, early-morning feeling you may have known. I doubted my eyes.

«As the eastern sky grew brighter, and the light of the day came on and its vivid colouring returned upon the world once more, I scanned the view keenly. But I saw no vestige of my white figures. They were mere creatures of the half-light. 'They must have been ghosts,' I said; 'I wonder whence they dated.' For a queer notion of Grant Allen's came into my head, and amused me. If each generation die and leave ghosts, he argued, the world at last will get overcrowded with them. On that theory they would have grown innumerable some Eight Hundred Thousand Years hence, and it was no great wonder to see four at once. But the jest was unsatisfying, and I was thinking of these figures all the morning, until Weena's rescue drove them out of my head. I associated them in some indefinite way with the white animal I had startled in my first passionate search for the Time Machine. But Weena was a pleasant substitute. Yet all the same, they were soon destined to take far deadlier possession of my mind.

«I think I have said how much hotter than our own was the weather of this Golden Age. I cannot account for it. It may be that the sun was hotter, or the earth nearer the sun. It is usual to assume that the sun will go on cooling steadily in the future. But people, unfamiliar with such speculations as those of the younger Darwin, forget that the

sentía inquieto e incómodo. Era esa hora gris y tenue en que las cosas acaban de salir de la oscuridad, cuando todo es incoloro y claro, y sin embargo irreal. Me levanté y bajé al gran vestíbulo, y así salí a las losas frente al palacio. Pensé en hacer de la necesidad virtud, y ver el amanecer.

«La luna se estaba poniendo, y la moribunda luz de la luna y la primera palidez del amanecer se mezclaban en una espantosa penumbra. Los arbustos eran negros como la tinta, el suelo gris sombrío, el cielo incoloro y sin alegría. Y en la colina me pareció ver fantasmas. Tres veces, al escudriñar la ladera, vi figuras blancas. Dos veces me pareció ver una criatura blanca y solitaria, parecida a un simio, que subía rápidamente por la colina, y una vez, cerca de las ruinas, vi una correa que llevaba un cuerpo oscuro. Se movían apresuradamente. No vi qué fue de ellos. Parecía que habían desaparecido entre los arbustos. Al amanecer le faltaba aún distinción, deben entenderlo. Sentía esa sensación de frío, de incertidumbre, propio a la madrugada, que quizá conozcan. Dudaba de mis ojos.

«A medida que el cielo del este se hacía más brillante, y la luz del día se encendía y su vivo colorido regresaba al mundo una vez más, escudriñé el panorama con agudeza. Pero no vi ningún vestigio de mis figuras blancas. Eran meras criaturas de la penumbra. "Debían de ser fantasmas", me dije. "Me pregunto de cuándo serán". Porque una extraña idea de Grant Allen me vino a la cabeza y me divirtió. Si cada generación muere y deja fantasmas, argumentó, el mundo al final se llenará de ellos. Según esa teoría, habrían crecido innumerables hace unos ochocientos y dos mil años, y no era de extrañar ver cuatro a la vez. Pero la broma no era satisfactoria, y estuve pensando en esas figuras toda la mañana, hasta que el rescate de Weena las sacó de mi cabeza. Los asocié de alguna manera indefinida con el animal blanco que había asustado en mi primera búsqueda apasionada de la Máquina del Tiempo. Pero Weena era una agradable sustituta. Sin embargo, pronto estaban destinados a adueñarse de mi mente de forma mucho más mortífera.

«Creo haber dicho que el clima de esta Edad de Oro era mucho más caluroso que el nuestro. No puedo explicarlo. Puede ser que el sol fuera más caliente, o que la tierra estuviera más cerca del sol. Es habitual suponer que el sol seguirá enfriándose constantemente en el futuro. Pero la gente, que no está familiarizada con especulaciones como las

planets must ultimately fall back one by one into the parent body. As these catastrophes occur, the sun will blaze with renewed energy; and it may be that some inner planet had suffered this fate. Whatever the reason, the fact remains that the sun was very much hotter than we know it.

«Well, one very hot morning—my fourth, I think—as I was seeking shelter from the heat and glare in a colossal ruin near the great house where I slept and fed, there happened this strange thing. Clambering among these heaps of masonry, I found a narrow gallery, whose end and side windows were blocked by fallen masses of stone. By contrast with the brilliancy outside, it seemed at first impenetrably dark to me. I entered it groping, for the change from light to blackness made spots of colour swim before me. Suddenly I halted spellbound. A pair of eyes, luminous by reflection against the daylight without, was watching me out of the darkness.

«The old instinctive dread of wild beasts came upon me. I clenched my hands and steadfastly looked into the glaring eyeballs. I was afraid to turn. Then the thought of the absolute security in which humanity appeared to be living came to my mind. And then I remembered that strange terror of the dark. Overcoming my fear to some extent, I advanced a step and spoke. I will admit that my voice was harsh and ill-controlled. I put out my hand and touched something soft. At once the eyes darted sideways, and something white ran past me. I turned with my heart in my mouth, and saw a queer little ape-like figure, its head held down in a peculiar manner, running across the sunlit space behind me. It blundered against a block of granite, staggered aside, and in a moment was hidden in a black shadow beneath another pile of ruined masonry.

"My impression of it is, of course, imperfect; but I know it was a dull white, and had strange large greyish-red eyes; also that there was flaxen hair on its head and down its back. But, as I say, it went too fast for me to see distinctly. I cannot even say whether it ran on all fours, or only with its forearms held very low. After an instant's pause I followed it into the second heap of ruins. I could not find it at first; but, after a time in the profound obscurity, I came upon one of those round well-like openings of which I have told you, half closed by a

del joven Darwin, olvida que los planetas deben, en última instancia, retroceder uno a uno hacia el cuerpo madre. Cuando se produzcan estas catástrofes, el sol brillará con una energía renovada; y puede ser que algún planeta interior haya sufrido este destino. Sea cual sea la razón, el hecho es que el sol era mucho más caliente de lo que conocemos.

«Pues bien, una mañana muy calurosa —la cuarta, creo—, mientras buscaba refugio del calor y del resplandor en una ruina colosal cercana a la gran casa donde dormía y me alimentaba, ocurrió esta cosa extraña: trepando entre esos montones de mampostería, encontré una estrecha galería, cuyas ventanas laterales y las de los extremos estaban bloqueadas por piedras caídas. En contraste con la brillantez del exterior, al principio me pareció impenetrablemente oscuro. Entré en ella a tientas, pues el cambio de la luz a la oscuridad hacía que las manchas de color nadaran ante mí. De repente, me detuve hechizado. Un par de ojos, luminosos por el reflejo de la luz del día, me observaban desde la oscuridad.

«El viejo temor instintivo por las bestias salvajes se apoderó de mí. Apreté las manos y miré con firmeza a los ojos de la bestia. Tenía miedo de darme la vuelta. Entonces me vino a la mente la absoluta seguridad en la que parecía vivir la humanidad. Y luego recordé ese extraño terror a la oscuridad. Superando en cierta medida mi miedo, avancé un paso y hablé. Reconozco que mi voz era áspera y mal controlada. Extendí la mano y toqué algo suave. Al instante, los ojos se desviaron y algo blanco pasó corriendo a mi lado. Me volví con el corazón en la boca y vi una extraña figura simiesca, con la cabeza agachada de una manera peculiar, corriendo por el espacio iluminado por el sol detrás de mí. Tropezó con un bloque de granito, se tambaleó a un lado y en un momento se ocultó en una sombra negra bajo otro montón de mampostería en ruinas.

«Mi impresión es, por supuesto, imperfecta; pero sé que era de un blanco opaco y que tenía unos extraños y grandes ojos rojo-grisáceos; también que tenía pelo liso en la cabeza y en la espalda. Pero, como digo, iba demasiado rápido para que yo pudiera verlo con claridad. Ni siquiera puedo decir si corría a cuatro patas o sólo con los antebrazos muy bajos. Tras una pausa de un instante, lo seguí hasta el segundo montón de ruinas. Al principio no pude encontrarlo; pero, después de un tiempo en la profunda oscuridad, di con una de esas aberturas redondas en forma

fallen pillar. A sudden thought came to me. Could this Thing have vanished down the shaft? I lit a match, and, looking down, I saw a small, white moving creature, with large bright eyes which regarded me steadfastly as it retreated. It made me shudder. It was so like a human spider! It was clambering down the wall, and now I saw for the first time a number of metal foot- and hand-rests forming a kind of ladder down the shaft. Then the light burned my fingers and fell out of my hand, going out as it dropped, and when I had lit another the little monster had disappeared.

«I do not know how long I sat peering down that well. It was not for some time that I could succeed in persuading myself that the thing I had seen was human. But, gradually, the truth dawned on me: that Man had not remained one species, but had differentiated into two distinct animals: that my graceful children of the Upper World were not the sole descendants of our generation, but that this bleached, obscene, nocturnal Thing, which had flashed before me, was also heir to all the ages.

«I thought of the flickering pillars and of my theory of an underground ventilation. I began to suspect their true import. And what, I wondered, was this Lemur doing in my scheme of a perfectly balanced organization? How was it related to the indolent serenity of the beautiful Overworlders? And what was hidden down there, at the foot of that shaft? I sat upon the edge of the well telling myself that, at any rate, there was nothing to fear, and that there I must descend for the solution of my difficulties. And withal I was absolutely afraid to go! As I hesitated, two of the beautiful upperworld people came running in their amorous sport across the daylight in the shadow. The male pursued the female, flinging flowers at her as he ran.

«They seemed distressed to find me, my arm against the overturned pillar, peering down the well. Apparently it was considered bad form to remark these apertures; for when I pointed to this one, and tried to frame a question about it in their tongue, they were still more visibly distressed and turned away. But they were interested by my matches, and I struck some to amuse them. I tried them again about the well, and again I failed. So presently I left them, meaning

de pozo de las que les he hablado, medio cerrada por un pilar caído. Me vino un pensamiento repentino. ¿Podría esta cosa haber desaparecido por el pozo? Encendí una cerilla y, al mirar hacia abajo, vi una pequeña criatura blanca que se movía, con grandes ojos brillantes que me miraban fijamente mientras se retiraba. Me hizo estremecer. ¡Era tan parecida a una araña humana! Estaba trepando por la pared, y ahora vi por primera vez una serie de apoyos metálicos para los pies y las manos que formaban una especie de escalera por el pozo. Entonces la cerilla me quemó los dedos y se me cayó de la mano, apagándose al caer, y cuando encendí otra el pequeño monstruo había desaparecido.

«No sé cuánto tiempo estuve sentado mirando el pozo. Durante algún tiempo no pude convencerme de que lo que había visto era humano. Pero, poco a poco, fui comprendiendo la verdad: que el Ser Humano no había permanecido como una sola especie, sino que se había diferenciado en dos animales distintos: que mis agraciados hijos del Mundo Superior no eran los únicos descendientes de nuestra generación, sino que aquella Cosa blanqueada, obscena y nocturna, que había aparecido ante mí, era también heredera de todas las épocas.

«Pensé en los pilares que afectaban el aire y en mi teoría de una ventilación subterránea. Empecé a sospechar su verdadero significado. Y me pregunté qué hacía este Lémur en mi esquema de una organización perfectamente equilibrada. ¿Qué relación tenía con la indolente serenidad de los bellos habitantes del Mundo Exterior? ¿Y qué se escondía allí abajo, al pie de aquel pozo? Me senté en el borde del pozo diciéndome que, en todo caso, no había nada que temer, y que allí debía descender para resolver mis dificultades. Y, sin embargo, ¡tenía mucho miedo de ir! Mientras dudaba, dos de los hermosos habitantes del mundo superior vinieron corriendo en su deporte amoroso a través de la luz del día en la sombra. El macho perseguía a la hembra, arrojándole flores mientras corría.

«Parecían afligidos al encontrarme, con el brazo apoyado en la columna derribada, mirando hacia el pozo. Al parecer, se consideraba de mala educación observar estas aberturas, pues cuando señalé ésta y traté de formular una pregunta al respecto en su lengua, se mostraron todavía más angustiados y se apartaron. Pero les interesaron mis cerillas, y para divertirlos encendí algunas. Volví a intentar hablar acerca del pozo, y de nuevo fracasé. Así que los dejé, con la intención de volver con Weena y

to go back to Weena, and see what I could get from her. But my mind was already in revolution; my guesses and impressions were slipping and sliding to a new adjustment. I had now a clue to the import of these wells, to the ventilating towers, to the mystery of the ghosts; to say nothing of a hint at the meaning of the bronze gates and the fate of the Time Machine! And very vaguely there came a suggestion towards the solution of the economic problem that had puzzled me.

«Here was the new view. Plainly, this second species of Man was subterranean. There were three circumstances in particular which made me think that its rare emergence above ground was the outcome of a long-continued underground habit. In the first place, there was the bleached look common in most animals that live largely in the dark—the white fish of the Kentucky caves, for instance. Then, those large eyes, with that capacity for reflecting light, are common features of nocturnal things—witness the owl and the cat. And last of all, that evident confusion in the sunshine, that hasty yet fumbling awkward flight towards dark shadow, and that peculiar carriage of the head while in the light—all reinforced the theory of an extreme sensitiveness of the retina.

«Beneath my feet, then, the earth must be tunnelled enormously, and these tunnellings were the habitat of the New Race. The presence of ventilating shafts and wells along the hill slopes—everywhere, in fact, except along the river valley—showed how universal were its ramifications. What so natural, then, as to assume that it was in this artificial Underworld that such work as was necessary to the comfort of the daylight race was done? The notion was so plausible that I at once accepted it, and went on to assume the *how* of this splitting of the human species. I dare say you will anticipate the shape of my theory; though, for myself, I very soon felt that it fell far short of the truth.

«At first, proceeding from the problems of our own age, it seemed clear as daylight to me that the gradual widening of the present merely temporary and social difference between the Capitalist and the Labourer was the key to the whole position. No doubt it will seem grotesque enough to you—and wildly incredible!—and yet even now there are existing circumstances to point that way. There is a tendency to utilize underground space for the less ornamental purpo-

ver qué podía obtener de ella. Pero mi mente ya estaba revolucionada; mis conjeturas e impresiones se deslizaban hacia un nuevo ajuste. Ahora tenía una pista sobre el significado de estos pozos, sobre las torres de ventilación, sobre el misterio de los fantasmas; por no hablar de un indicio sobre el significado de las puertas de bronce y el destino de la Máquina del Tiempo. Y muy vagamente llegó una sugerencia hacia la solución del problema económico que me había desconcertado.

«Este era el nuevo punto de vista. Claramente, esta segunda especie de Ser Humano era subterránea. Había tres circunstancias en particular que me hacían pensar que su rara aparición en la superficie era el resultado de un hábito subterráneo prolongado. En primer lugar, estaba el aspecto blanqueado común en la mayoría de los animales que viven en gran parte en la oscuridad... los peces blancos de las cuevas de Kentucky, por ejemplo. Además, esos grandes ojos, con esa capacidad de reflejar la luz, son características comunes de los seres nocturnos... como el búho y el gato. Y, por último, esa evidente confusión a la luz del sol, esa apresurada y a la vez torpe huida hacia la sombra oscura, y ese peculiar porte de la cabeza cuando está a la luz... todo ello reforzaba la teoría de una extrema sensibilidad de la retina.

«Bajo mis pies, pues, la tierra debe estar enormemente tunelada, y estos túneles eran el hábitat de la Nueva Raza. La presencia de pozos de ventilación y pozos a lo largo de las laderas de las colinas —en todas partes, de hecho, excepto a lo largo del valle del río— mostraba cuán universales eran sus ramificaciones. ¿Qué es tan natural, entonces, sino suponer que era en este Inframundo artificial donde se realizaban los trabajos necesarios para la comodidad de la raza diurna? La idea era tan plausible que la acepté de inmediato y pasé a suponer el *cómo* de esta división de la especie humana. Me atrevo a decir que anticiparán la forma de mi teoría; aunque, en lo que a mí respecta, muy pronto sentí que estaba muy lejos de la verdad.

«Al principio, partiendo de los problemas de nuestra propia época, me pareció claro como la luz del día que la ampliación gradual de la actual diferencia meramente temporal y social entre el Capitalista y el Trabajador era la clave de toda la teoría. Sin duda les parecerá bastante grotesco —y salvajemente increíble— y, sin embargo, incluso ahora existen circunstancias que señalan en esa dirección. Hay una tendencia a utilizar el espacio subterráneo para los fines menos ornamentales de

ses of civilization; there is the Metropolitan Railway in London, for instance, there are new electric railways, there are subways, there are underground workrooms and restaurants, and they increase and multiply. Evidently, I thought, this tendency had increased till Industry had gradually lost its birthright in the sky. I mean that it had gone deeper and deeper into larger and ever larger underground factories, spending a still-increasing amount of its time therein, till, in the end——! Even now, does not an East-end worker live in such artificial conditions as practically to be cut off from the natural surface of the earth?

«Again, the exclusive tendency of richer people—due, no doubt, to the increasing refinement of their education, and the widening gulf between them and the rude violence of the poor—is already leading to the closing, in their interest, of considerable portions of the surface of the land. About London, for instance, perhaps half the prettier country is shut in against intrusion. And this same widening gulf—which is due to the length and expense of the higher educational process and the increased facilities for and temptations towards refined habits on the part of the rich—will make that exchange between class and class, that promotion by intermarriage which at present retards the splitting of our species along lines of social stratification, less and less frequent. So, in the end, above ground you must have the Haves, pursuing pleasure and comfort and beauty, and below ground the Have-nots, the Workers getting continually adapted to the conditions of their labour. Once they were there, they would no doubt have to pay rent, and not a little of it, for the ventilation of their caverns; and if they refused, they would starve or be suffocated for arrears. Such of them as were so constituted as to be miserable and rebellious would die; and, in the end, the balance being permanent, the survivors would become as well adapted to the conditions of underground life, and as happy in their way, as the Overworld people were to theirs. As it seemed to me, the refined beauty and the etiolated pallor followed naturally enough.

«The great triumph of Humanity I had dreamed of took a different shape in my mind. It had been no such triumph of moral education and general co-operation as I had imagined. Instead, I saw a real aristocracy, armed with a perfected science and working to a logical

la civilización; está el Ferrocarril Metropolitano de Londres, por ejemplo, hay nuevos ferrocarriles eléctricos, hay trenes subterráneos, hay salas de trabajo y restaurantes subterráneos... aumentan y se multiplican. Evidentemente, pensé, esta tendencia había crecido hasta que la Industria había perdido gradualmente su derecho de nacimiento bajo el cielo. Quiero decir que se había adentrado más y más en fábricas subterráneas cada vez más grandes, pasando en ellas una cantidad de tiempo cada vez mayor, hasta que, al final... Incluso ahora, ¿no vive un trabajador del East End en condiciones tan artificiales como para estar prácticamente aislado de la superficie natural de la tierra?

«Además, la tendencia exclusiva de la gente más rica —debido, sin duda, al creciente refinamiento de su educación y a la creciente brecha entre ellos y la ruda violencia de los pobres— ya está conduciendo al cerramiento, en su interés, de considerables porciones de la superficie de la tierra. Alrededor de Londres, por ejemplo, tal vez la mitad de las zonas más bellas están cerradas a la intrusión. Y este mismo abismo creciente —que se debe a la duración y al costo del proceso educativo superior y a las mayores facilidades y tentaciones hacia los hábitos refinados por parte de los ricos— hará que ese intercambio entre clase y clase, esa promoción por medio de los matrimonios mixtos que actualmente retrasa la división de nuestra especie a lo largo de las líneas de estratificación social, sea cada vez menos frecuente. Así que, al final, por encima de la tierra uno debe contar con los que Tienen, que persiguen el placer y la comodidad y la belleza, y por debajo de la tierra con los que No Tienen, los Trabajadores que se adaptan continuamente a las condiciones de su trabajo. Una vez allí, sin duda tendrían que pagar un alquiler, y no poco, por la ventilación de sus cavernas; y si se negaran, morirían de hambre o serían asfixiados por los atrasos en los pagos. Aquellos que tuvieran disposición a ser miserables y rebeldes, morirían; y, al final, siendo el equilibrio permanente, los supervivientes se adaptarían tan bien a las condiciones de la vida subterránea, y serían tan felices a su manera, como los habitantes del Mundo Exterior lo eran a la suya. Según me pareció, la belleza refinada y la palidez etiolada se sucedieron con toda naturalidad.

«El gran triunfo de la Humanidad que había soñado tomó una forma diferente en mi mente. No era el triunfo de la educación moral y de la cooperación general que yo había imaginado. En su lugar, vi una verdadera aristocracia, armada con una ciencia perfeccionada y

conclusion the industrial system of today. Its triumph had not been simply a triumph over Nature, but a triumph over Nature and the fellow-man. This, I must warn you, was my theory at the time. I had no convenient cicerone in the pattern of the Utopian books. My explanation may be absolutely wrong. I still think it is the most plausible one. But even on this supposition the balanced civilization that was at last attained must have long since passed its zenith, and was now far fallen into decay. The too-perfect security of the Overworlders had led them to a slow movement of degeneration, to a general dwindling in size, strength, and intelligence. That I could see clearly enough already. What had happened to the Undergrounders I did not yet suspect; but, from what I had seen of the Morlocks—that, by the bye, was the name by which these creatures were called—I could imagine that the modification of the human type was even far more profound than among the 'Eloi,' the beautiful race that I already knew.

«Then came troublesome doubts. Why had the Morlocks taken my Time Machine? For I felt sure it was they who had taken it. Why, too, if the Eloi were masters, could they not restore the machine to me? And why were they so terribly afraid of the dark? I proceeded, as I have said, to question Weena about this Underworld, but here again I was disappointed. At first she would not understand my questions, and presently she refused to answer them. She shivered as though the topic was unendurable. And when I pressed her, perhaps a little harshly, she burst into tears. They were the only tears, except my own, I ever saw in that Golden Age. When I saw them I ceased abruptly to trouble about the Morlocks, and was only concerned in banishing these signs of her human inheritance from Weena's eyes. And very soon she was smiling and clapping her hands, while I solemnly burnt a match.

trabajando hasta una conclusión lógica el sistema industrial de hoy. Su triunfo no había sido simplemente un triunfo sobre la Naturaleza, sino un triunfo sobre la Naturaleza y el prójimo. Esto, debo advertirlo, era mi teoría en ese momento. No tenía ningún cicerone conveniente en el patrón de los libros de Utopía. Mi explicación puede estar absolutamente equivocada. Sigo pensando que es la más plausible. Pero incluso en esta suposición, la civilización equilibrada que se alcanzó por fin debía haber pasado hace tiempo su cenit, y ahora estaba muy caída en la decadencia. La seguridad demasiado perfecta de los habitantes del Mundo Exterior les había llevado a un lento movimiento de degeneración, a una disminución general de tamaño, fuerza e inteligencia. Eso ya lo veía bastante claramente. Todavía no sospechaba lo que les había ocurrido a los Inframundanos; pero, por lo que había visto de los «Morlocks» —que, por cierto, era el nombre por el que se llamaba a estas criaturas—, podía imaginar que la modificación del tipo humano era aún mucho más profunda que entre los «Eloi», la hermosa raza que ya conocía.

«Luego vinieron las dudas problemáticas. ¿Por qué los Morlocks se habían llevado mi Máquina del Tiempo? Porque yo estaba seguro de que eran ellos quienes la habían tomado. ¿Por qué, además, si los Eloi eran los amos, no podían devolverme la máquina? ¿Y por qué tenían tanto miedo a la oscuridad? Procedí, como ya he dicho, a interrogar a Weena sobre este Inframundo, pero aquí también me decepcionó. Al principio ella no entendía mis preguntas, y luego se negó a responderlas. Se estremeció como si el tema fuera insoportable. Y cuando la presioné, quizás con un poco de dureza, rompió a llorar. Fueron las únicas lágrimas, excepto las mías, que vi en aquella Edad de Oro. Cuando las vi, dejé abruptamente de preocuparme por los Morlocks, y sólo me preocupé por desterrar de los ojos de Weena estos signos de su herencia humana. Y muy pronto ella estaba sonriendo y aplaudiendo, mientras yo quemaba solemnemente una cerilla.

«It may seem odd to you, but it was two days before I could follow up the new-found clue in what was manifestly the proper way. I felt a peculiar shrinking from those pallid bodies. They were just the half-bleached colour of the worms and things one sees preserved in spirit in a zoological museum. And they were filthily cold to the touch. Probably my shrinking was largely due to the sympathetic influence of the Eloi, whose disgust of the Morlocks I now began to appreciate.

«The next night I did not sleep well. Probably my health was a little disordered. I was oppressed with perplexity and doubt. Once or twice I had a feeling of intense fear for which I could perceive no definite reason. I remember creeping noiselessly into the great hall where the little people were sleeping in the moonlight—that night Weena was among them—and feeling reassured by their presence. It occurred to me even then, that in the course of a few days the moon must pass through its last quarter, and the nights grow dark, when the appearances of these unpleasant creatures from below, these whitened Lemurs, this new vermin that had replaced the old, might be more abundant. And on both these days I had the restless feeling of one who shirks an inevitable duty. I felt assured that the Time Machine was only to be recovered by boldly penetrating these mysteries of underground. Yet I could not face the mystery. If only I had had a companion it would have been different. But I was so horribly alone, and even to clamber down into the darkness of the well appalled me. I don't know if you will understand my feeling, but I never felt quite safe at my back.

«It was this restlessness, this insecurity, perhaps, that drove me farther and farther afield in my exploring expeditions. Going to the south-westward towards the rising country that is now called Combe Wood, I observed far-off, in the direction of nineteenth-century Banstead, a vast green structure, different in character from any I had hitherto seen. It was larger than the largest of the palaces or ruins I knew, and the façade had an Oriental look: the face of it having the lustre, as well as the pale-green tint, a kind of bluish-green, of a certain type of Chinese porcelain. This difference in aspect suggested a difference in use, and I was minded to push on and explore. But the

«Puede parecerles extraño, pero pasaron dos días antes de que pudiera seguir la pista recién descubierta de la forma más adecuada. Sentí un peculiar encogimiento ante aquellos cuerpos pálidos. Tenían el color medio blanqueado de los gusanos y de las cosas que uno ve conservadas en alcohol en un museo zoológico. Y eran asquerosamente fríos al tacto. Probablemente mi retraimiento se debía en gran medida a la influencia simpática de los Eloi, cuya repugnancia hacia los Morlocks empezaba a apreciar ahora.

«La noche siguiente no dormí bien. Probablemente mi salud estaba un poco deteriorada. Me oprimía la perplejidad y la duda. Una o dos veces tuve un sentimiento de miedo intenso para el cual no podía percibir ninguna razón definida. Recuerdo que me arrastré sin hacer ruido hasta el gran salón donde los pequeños dormían a la luz de la luna —esa noche Weena estaba entre ellos— y me sentí reconfortado por su presencia. Ya entonces se me ocurrió que en el transcurso de unos días la luna debía atravesar su último cuarto, y las noches oscurecerse, cuando las apariciones de estas desagradables criaturas de abajo, estos Lémures blanqueados, esta nueva alimaña que había reemplazado a la antigua, podrían ser más abundantes. Y en estos dos días tuve la sensación de inquietud de quien elude un deber inevitable. Tenía la certeza de que la Máquina del Tiempo sólo podía recuperarse penetrando con audacia en estos misterios del subsuelo. Sin embargo, no pude enfrentarme al misterio. Si hubiera tenido un compañero, habría sido diferente. Pero estaba terriblemente solo, e incluso bajar a la oscuridad del pozo me horrorizaba. No sé si entenderán mi sentimiento, pero nunca me sentí seguro a mis espaldas.

«Fue esta inquietud, esta inseguridad, tal vez, lo que me llevó a ir cada vez más lejos en mis expediciones. Dirigiéndome hacia el suroeste, hacia la zona elevada que ahora se llama Combe Wood, observé a lo lejos, en dirección a la decimonónica Banstead, una vasta estructura verde, de carácter diferente a todas las que había visto hasta entonces. Era más grande que el mayor de los palacios o ruinas que conocía, y la fachada tenía un aspecto oriental: su cara tenía el brillo, así como el tinte verde pálido, una especie de verde azulado, de cierto tipo de porcelana china. Esta diferencia de aspecto sugería una diferencia de uso, y yo estaba dispuesto a seguir adelante y explorar. Pero se hacía tarde, y había lle-

day was growing late, and I had come upon the sight of the place after a long and tiring circuit; so I resolved to hold over the adventure for the following day, and I returned to the welcome and the caresses of little Weena. But next morning I perceived clearly enough that my curiosity regarding the Palace of Green Porcelain was a piece of self-deception, to enable me to shirk, by another day, an experience I dreaded. I resolved I would make the descent without further waste of time, and started out in the early morning towards a well near the ruins of granite and aluminium.

«Little Weena ran with me. She danced beside me to the well, but when she saw me lean over the mouth and look downward, she see-med strangely disconcerted. 'Good-bye, little Weena,' I said, kissing her; and then putting her down, I began to feel over the parapet for the climbing hooks. Rather hastily, I may as well confess, for I feared my courage might leak away! At first she watched me in amazement. Then she gave a most piteous cry, and running to me, she began to pull at me with her little hands. I think her opposition nerved me rather to proceed. I shook her off, perhaps a little roughly, and in ano-ther moment I was in the throat of the well. I saw her agonized face over the parapet, and smiled to reassure her. Then I had to look down at the unstable hooks to which I clung.

«I had to clamber down a shaft of perhaps two hundred yards. The descent was effected by means of metallic bars projecting from the sides of the well, and these being adapted to the needs of a creature much smaller and lighter than myself, I was speedily cramped and fatigued by the descent. And not simply fatigued! One of the bars bent suddenly under my weight, and almost swung me off into the blackness beneath. For a moment I hung by one hand, and after that experience I did not dare to rest again. Though my arms and back were presently acutely painful, I went on clambering down the sheer descent with as quick a motion as possible. Glancing upward, I saw the aperture, a small blue disk, in which a star was visible, while litt-le Weena's head showed as a round black projection. The thudding sound of a machine below grew louder and more oppressive. Eve-rything save that little disk above was profoundly dark, and when I looked up again Weena had disappeared.

gado a avistar el lugar después de un largo y agotador recorrido; así que decidí dejar la aventura para el día siguiente y volví a la bienvenida y a las caricias de la pequeña Weena. Pero a la mañana siguiente percibí con suficiente claridad que mi curiosidad por el Palacio de la Porcelana Verde era un autoengaño que me permitía eludir, un día más, una experiencia que temía. Decidí que haría el descenso sin perder más tiempo, y me dirigí de madrugada hacia un pozo cercano a las ruinas de granito y aluminio.

«La pequeña Weena corrió conmigo. Bailó a mi lado hasta el pozo, pero cuando me vio inclinarme sobre la boca y mirar hacia abajo, pareció extrañamente desconcertada. "Adiós, pequeña Weena", le dije, dándole un beso; y luego, dejándola en el suelo, empecé a buscar los ganchos de escalada por encima del parapeto. Más bien apresuradamente, debo confesar, pues temía que se me acabara el coraje. Al principio me observó con asombro. Luego dio un grito muy lastimero y, corriendo hacia mí, comenzó a tirar de mí con sus manitas. Creo que su oposición me condujo a seguir adelante. Me la quité de encima, tal vez con un poco de brusquedad, y en un instante estaba en la garganta del pozo. Vi su cara de agonía por encima del parapeto y sonreí para tranquilizarla. Luego tuve que mirar hacia los inestables ganchos a los que me aferraba.

«Tuve que descender por un pozo de unas doscientas yardas. El descenso se efectuaba por medio de barras metálicas que sobresalían de los lados del pozo y como éstas estaban adaptadas a las necesidades de una criatura mucho más pequeña y ligera que yo, el descenso me produjo rápidamente calambres y fatiga. ¡Y no sólo fatiga! Una de las barras se dobló repentinamente bajo mi peso y casi me hizo caer en la oscuridad. Por un momento quedé colgado de una mano y después de esa experiencia no me atreví a volver a descansar. Aunque me dolían mucho los brazos y la espalda, seguí bajando por la escarpada pendiente con la mayor rapidez posible. Mirando hacia arriba, vi la abertura, un pequeño disco azul, en el que se veía una estrella, mientras que la cabeza de la pequeña Weena se mostraba como una proyección negra y redonda. El ruido sordo de una máquina en la parte inferior era cada vez más fuerte y opresivo. Todo, excepto el pequeño disco superior, estaba profundamente oscuro, y cuando volví a mirar hacia arriba, Weena había desaparecido.

«I was in an agony of discomfort. I had some thought of trying to go up the shaft again, and leave the Underworld alone. But even while I turned this over in my mind I continued to descend. At last, with intense relief, I saw dimly coming up, a foot to the right of me, a slender loophole in the wall. Swinging myself in, I found it was the aperture of a narrow horizontal tunnel in which I could lie down and rest. It was not too soon. My arms ached, my back was cramped, and I was trembling with the prolonged terror of a fall. Besides this, the unbroken darkness had had a distressing effect upon my eyes. The air was full of the throb and hum of machinery pumping air down the shaft.

«I do not know how long I lay. I was roused by a soft hand touching my face. Starting up in the darkness I snatched at my matches and, hastily striking one, I saw three stooping white creatures similar to the one I had seen above ground in the ruin, hastily retreating before the light. Living, as they did, in what appeared to me impenetrable darkness, their eyes were abnormally large and sensitive, just as are the pupils of the abysmal fishes, and they reflected the light in the same way. I have no doubt they could see me in that rayless obscurity, and they did not seem to have any fear of me apart from the light. But, so soon as I struck a match in order to see them, they fled incontinently, vanishing into dark gutters and tunnels, from which their eyes glared at me in the strangest fashion.

«I tried to call to them, but the language they had was apparently different from that of the overworld people; so that I was needs left to my own unaided efforts, and the thought of flight before exploration was even then in my mind. But I said to myself, 'You are in for it now,' and, feeling my way along the tunnel, I found the noise of machinery grow louder. Presently the walls fell away from me, and I came to a large open space, and striking another match, saw that I had entered a vast arched cavern, which stretched into utter darkness beyond the range of my light. The view I had of it was as much as one could see in the burning of a match.

«Necessarily my memory is vague. Great shapes like big machines rose out of the dimness, and cast grotesque black shadows, in which dim spectral Morlocks sheltered from the glare. The place, by the bye, was very stuffy and oppressive, and the faint halitus of freshly-

«Estaba incómodo hasta la agonía. Se me ocurrió intentar subir de nuevo por el pozo y dejar el Inframundo en paz. Pero mientras le daba vueltas a esto en mi mente, continué descendiendo. Por fin, con un intenso alivio, vi que se acercaba débilmente, un pie a mi derecha, una delgada rendija en la pared. Metiéndome en ella, descubrí que era la abertura de un estrecho túnel horizontal en el que podía tumbarme y descansar. No podía haber tardado ni un momento más. Me dolían los brazos, tenía la espalda acalambrada y temblaba por el prolongado terror a una caída. Además, la oscuridad ininterrumpida había tenido un efecto angustioso sobre mis ojos. El aire estaba lleno de golpeteos y zumbidos de la maquinaria que bombeaba aire por el pozo.

«No sé cuánto tiempo estuve tumbado. Me despertó una mano suave que me tocaba la cara. Levantándome en la oscuridad, tomé mis cerillas y, encendiendo una a toda prisa, vi tres criaturas blancas y encorvadas, similares a las que había visto en la ruina, que se retiraban con prisa ante la luz. Viviendo, como lo hacían, en lo que me pareció una oscuridad impenetrable, sus ojos eran anormalmente grandes y sensibles, como lo son las pupilas de los peces abisales, y reflejaban la luz de la misma manera. No me cabe duda de que podían verme en aquella oscuridad sin rayos y no parecían tener ningún miedo de mí aparte de la luz. Pero, tan pronto como encendí una cerilla para verlos, huyeron descontroladamente, desapareciendo en oscuras alcantarillas y túneles, desde donde sus ojos me miraban de la manera más extraña.

«Intenté llamarles, pero el lenguaje que tenían era aparentemente diferente al de la gente del mundo exterior; de modo que me vi obligado a hacer mis propios esfuerzos, sin ayuda, y la idea de huir antes de terminar la exploración estaba ya en mi mente. Pero me dije a mí mismo: "Este es tu turno" y, tanteando el camino a lo largo del túnel, descubrí que el ruido de la maquinaria era cada vez más fuerte. Al poco tiempo, las paredes se alejaron de mí y llegué a un gran espacio abierto, y al encender otra cerilla, vi que había entrado en una vasta caverna arqueada, que se extendía en la más absoluta oscuridad más allá del alcance de la luz. Solo alcanzaba a avistar lo que se podía ver al encender una cerilla.

«Necesariamente mi memoria es vaga. Grandes formas, como grandes máquinas, surgían de la penumbra y proyectaban grotescas sombras negras, en las que se refugiaban del resplandor oscuros Morlocks espectrales. El lugar, por cierto, era muy sofocante y opresivo, y el débil

shed blood was in the air. Some way down the central vista was a little table of white metal, laid with what seemed a meal. The Morlocks
at any rate were carnivorous! Even at the time, I remember wondering what large animal could have survived to furnish the red joint
I saw. It was all very indistinct: the heavy smell, the big unmeaning
shapes, the obscene figures lurking in the shadows, and only waiting
for the darkness to come at me again! Then the match burnt down,
and stung my fingers, and fell, a wriggling red spot in the blackness.

«I have thought since how particularly ill-equipped I was for such
an experience. When I had started with the Time Machine, I had
started with the absurd assumption that the men of the Future would
certainly be infinitely ahead of ourselves in all their appliances. I had
come without arms, without medicine, without anything to smoke—
at times I missed tobacco frightfully!—even without enough matches.
If only I had thought of a Kodak! I could have flashed that glimpse
of the Underworld in a second, and examined it at leisure. But, as it
was, I stood there with only the weapons and the powers that Nature
had endowed me with—hands, feet, and teeth; these, and four safety-
matches that still remained to me.

«I was afraid to push my way in among all this machinery in the
dark, and it was only with my last glimpse of light I discovered that
my store of matches had run low. It had never occurred to me until
that moment that there was any need to economize them, and I had
wasted almost half the box in astonishing the Overworlders, to whom
fire was a novelty. Now, as I say, I had four left, and while I stood in the
dark, a hand touched mine, lank fingers came feeling over my face,
and I was sensible of a peculiar unpleasant odour. I fancied I heard
the breathing of a crowd of those dreadful little beings about me. I felt
the box of matches in my hand being gently disengaged, and other
hands behind me plucking at my clothing. The sense of these unseen
creatures examining me was indescribably unpleasant. The sudden
realization of my ignorance of their ways of thinking and doing came
home to me very vividly in the darkness. I shouted at them as loudly
as I could. They started away, and then I could feel them approaching
me again. They clutched at me more boldly, whispering odd sounds

hálito de la sangre recién derramada estaba en el aire. A cierta distancia de la parte central había una pequeña mesa de metal blanco, sobre la cual se encontraba lo que parecía una comida. ¡En todo caso, los Morlocks eran carnívoros! Incluso en aquel momento, recuerdo haberme preguntado qué animal de gran tamaño podría haber sobrevivido para proporcionar la selección de carne roja que vi. Todo era muy indistinto: el fuerte olor, las grandes formas sin sentido, las figuras obscenas que acechaban en las sombras, y que sólo esperaban que la oscuridad se acercara de nuevo a mí. Entonces la cerilla se quemó, me quemó los dedos y cayó; una mancha roja que se retorcía en la negrura.

«Desde entonces he pensado en lo mal equipado que estaba en ese momento para una experiencia semejante. Cuando empecé con la Máquina del Tiempo, lo hice con la absurda suposición de que los hombres del Futuro estarían sin duda infinitamente por delante de nosotros en toda su tecnología. Había venido sin armas, sin medicinas, sin nada para fumar —¡a veces echaba de menos el tabaco!— incluso sin suficientes cerillas. ¡Si hubiera pensado en una Kodak! Habría usado el flash para captar por un segundo esa visión del Inframundo y examinarlo con tranquilidad. Pero, tal como estaban las cosas, me quedé allí con sólo las armas y los poderes con los que la naturaleza me había dotado... manos, pies y dientes; éstos, y cuatro cerillas de seguridad que aún me quedaban.

«Tenía miedo de abrirme paso entre toda esta maquinaria en la oscuridad, y sólo con el último atisbo de luz descubrí que mi reserva de cerillas se había agotado. Hasta ese momento no se me había ocurrido la necesidad de economizarlas, y había malgastado casi la mitad de la caja en asombrar a los habitantes del Mundo Exterior, para quienes el fuego era una novedad. Ahora, como digo, me quedaban cuatro, y mientras permanecía en la oscuridad, una mano tocó la mía, unos dedos larguiruchos se acercaron a mi cara y percibí un peculiar olor desagradable. Me pareció oír la respiración de una multitud de esos espantosos seres a mi alrededor. Sentí que la caja de fósforos que tenía en la mano se desprendía suavemente, y que otras manos detrás de mí me desgarraban la ropa. La sensación de que esas criaturas invisibles me examinaban era indescriptiblemente desagradable. La súbita comprensión de mi ignorancia de sus formas de pensar y hacer me llegó muy vívidamente en la oscuridad. Les grité tan fuertemente como pude. Se alejaron, y entonces pude sentir que se acercaban de nuevo a mí. Se aferraron a mí con más

to each other. I shivered violently, and shouted again—rather discordantly. This time they were not so seriously alarmed, and they made a queer laughing noise as they came back at me. I will confess I was horribly frightened. I determined to strike another match and escape under the protection of its glare. I did so, and eking out the flicker with a scrap of paper from my pocket, I made good my retreat to the narrow tunnel. But I had scarce entered this when my light was blown out and in the blackness I could hear the Morlocks rustling like wind among leaves, and pattering like the rain, as they hurried after me.

«In a moment I was clutched by several hands, and there was no mistaking that they were trying to haul me back. I struck another light, and waved it in their dazzled faces. You can scarce imagine how nauseatingly inhuman they looked—those pale, chinless faces and great, lidless, pinkish-grey eyes!—as they stared in their blindness and bewilderment. But I did not stay to look, I promise you: I retreated again, and when my second match had ended, I struck my third. It had almost burnt through when I reached the opening into the shaft. I lay down on the edge, for the throb of the great pump below made me giddy. Then I felt sideways for the projecting hooks, and, as I did so, my feet were grasped from behind, and I was violently tugged backward. I lit my last match ... and it incontinently went out. But I had my hand on the climbing bars now, and, kicking violently, I disengaged myself from the clutches of the Morlocks, and was speedily clambering up the shaft, while they stayed peering and blinking up at me: all but one little wretch who followed me for some way, and well-nigh secured my boot as a trophy.

«That climb seemed interminable to me. With the last twenty or thirty feet of it a deadly nausea came upon me. I had the greatest difficulty in keeping my hold. The last few yards was a frightful struggle against this faintness. Several times my head swam, and I felt all the sensations of falling. At last, however, I got over the well-mouth somehow, and staggered out of the ruin into the blinding sunlight. I fell upon my face. Even the soil smelt sweet and clean. Then I remember Weena kissing my hands and ears, and the voices of others among the Eloi. Then, for a time, I was insensible.

ímpetu, susurrando sonidos extraños entre ellos. Me estremecí violentamente y volví a gritar... de forma bastante discordante. Esta vez no se alarmaron tanto e hicieron un extraño ruido, como de risa, cuando volvieron hacia mí. Confieso que estaba terriblemente asustado. Decidí encender otra cerilla y escapar al amparo de su resplandor. Así lo hice, y prolongando la luz al quemar un trozo de papel que tenía en mi bolsillo, me retiré al estrecho túnel. Pero apenas había entrado en él, mi luz se apagó y en la oscuridad pude oír a los Morlocks crujiendo como el viento entre las hojas, y golpeando como la lluvia, mientras se daban prisa por seguirme.

«En un instante me agarraron varias manos, y no había duda de que intentaban arrastrarme hacia atrás. Encendí otra cerilla y la agité en sus rostros deslumbrados. Apenas pueden imaginarse lo nauseabundamente inhumanos que parecían —esos rostros pálidos y sin barbilla y esos grandes ojos sin párpados de color gris rosado—, mientras miraban en su ceguera y desconcierto. Pero no me quedé mirando, se los aseguro: me retiré nuevamente y, cuando mi segundo fósforo se había extinguido, encendí el tercero. Casi se había quemado totalmente cuando llegué a la abertura del pozo. Me recosté en el borde, pues el latido de la gran máquina que había debajo me daba vértigo. Entonces palpé de lado los ganchos que sobresalían y, al hacerlo, sentí que me agarraban los pies por detrás y me tiraban violentamente hacia atrás. Encendí mi última cerilla... y se apagó inmediatamente. Pero ahora tenía la mano en las barras de ascenso y, dando un violento puntapié, me desprendí de las garras de los Morlocks y trepé rápidamente por el pozo, mientras ellos se quedaban mirando y parpadeando hacia arriba: todos menos un pequeño desgraciado que me siguió durante un trecho y estuvo a punto de conseguir mi bota como trofeo.

«Ese ascenso me pareció interminable. En los últimos veinte o treinta pies me sobrevino una náusea mortal. Tuve la mayor dificultad para mantenerme firme. Las últimas yardas fueron una lucha espantosa contra este desvanecimiento. Varias veces mi cabeza se hundió y sentí como si estuviera cayendo. Al final, sin embargo, pasé la boca del pozo de alguna manera, y salí, tambaleándome, de la ruina a la luz cegadora del sol. Caí de bruces. Incluso el suelo olía dulce y limpio. Luego recuerdo a Weena besando mis manos y mis orejas, y las voces de otros Eloi. Entonces, durante un tiempo, yací insensible.

«Now, indeed, I seemed in a worse case than before. Hitherto, except during my night's anguish at the loss of the Time Machine, I had felt a sustaining hope of ultimate escape, but that hope was staggered by these new discoveries. Hitherto I had merely thought myself impeded by the childish simplicity of the little people, and by some unknown forces which I had only to understand to overcome; but there was an altogether new element in the sickening quality of the Morlocks—a something inhuman and malign. Instinctively I loathed them. Before, I had felt as a man might feel who had fallen into a pit: my concern was with the pit and how to get out of it. Now I felt like a beast in a trap, whose enemy would come upon him soon.

«The enemy I dreaded may surprise you. It was the darkness of the new moon. Weena had put this into my head by some at first incomprehensible remarks about the Dark Nights. It was not now such a very difficult problem to guess what the coming Dark Nights might mean. The moon was on the wane: each night there was a longer interval of darkness. And I now understood to some slight degree at least the reason of the fear of the little upper-world people for the dark. I wondered vaguely what foul villainy it might be that the Morlocks did under the new moon. I felt pretty sure now that my second hypothesis was all wrong. The upper-world people might once have been the favoured aristocracy, and the Morlocks their mechanical servants: but that had long since passed away. The two species that had resulted from the evolution of man were sliding down towards, or had already arrived at, an altogether new relationship. The Eloi, like the Carlovignan kings, had decayed to a mere beautiful futility. They still possessed the earth on sufferance: since the Morlocks, subterranean for innumerable generations, had come at last to find the daylit surface intolerable. And the Morlocks made their garments, I inferred, and maintained them in their habitual needs, perhaps through the survival of an old habit of service. They did it as a standing horse paws with his foot, or as a man enjoys killing animals in sport: because ancient and departed necessities had impressed it on the organism. But, clearly, the old order was already in part reversed. The Nemesis of the delicate ones was creeping on apace. Ages ago, thousands of generations ago, man had thrust his brother man out of

«Ahora, en efecto, parecía estar en un peor caso que antes. Hasta ahora, excepto durante mi noche de angustia por la pérdida de la Máquina del Tiempo, había sentido una esperanza de escapar en última instancia, pero esa esperanza se desvanecía con estos nuevos descubrimientos. Hasta entonces me había creído impedido por la simplicidad infantil de la pequeña gente, y por algunas fuerzas desconocidas que sólo tenía que comprender para superarlas; pero había un elemento totalmente nuevo en la calidad enfermiza de los Morlocks... algo inhumano y maligno. Instintivamente los aborrecí. Antes, me había sentido como podría sentirse un hombre que ha caído en un pozo: mi preocupación era el pozo y cómo salir de él. Ahora me sentía como una bestia en una trampa, cuyo enemigo no tardaría en llegar.

«El enemigo que temía puede sorprenderlo a uno. Era la oscuridad de la luna nueva. Weena me lo había metido en la cabeza con sus comentarios, al principio incomprensibles, sobre las Noches Oscuras. Ahora no era tan difícil adivinar lo que podían significar esas noches oscuras que se avecinaban. La luna estaba menguando: cada noche había un intervalo más largo de oscuridad. Y ahora comprendía, al menos en cierta medida, la razón del miedo de los pequeños habitantes del mundo superior a la oscuridad. Me pregunté vagamente qué repugnante villanía podrían cometer los Morlocks bajo la luna nueva. Ahora estaba seguro de que mi segunda hipótesis era errónea. Los habitantes del mundo superior podrían haber sido alguna vez la aristocracia favorecida, y los Morlocks sus sirvientes mecánicos: pero eso había desaparecido hacía tiempo. Las dos especies resultantes de la evolución del ser humano se deslizaban hacia una relación totalmente nueva, o ya habían llegado a ella. Los Eloi, al igual que los reyes carolingios, habían decaído hasta convertirse en una bella inutilidad. Seguían poseyendo la tierra, pero con sufrimiento, ya que los Morlocks, subterráneos durante innumerables generaciones, habían llegado al fin a encontrar intolerable la superficie iluminada durante el día. Y los Morlocks hacían sus vestimentas, deduje, y los mantenían en sus necesidades habituales, tal vez por la supervivencia de un viejo hábito de servicio. Lo hacían como un caballo parado da un zarpazo con su pie, o como un hombre se divierte matando animales por deporte: porque antiguas y difuntas necesidades lo habían imprimido en el organismo. Pero, evidentemente, el antiguo orden ya se había invertido en parte. La Némesis de los delicados avanzaba

the ease and the sunshine. And now that brother was coming back—changed! Already the Eloi had begun to learn one old lesson anew. They were becoming reacquainted with Fear. And suddenly there came into my head the memory of the meat I had seen in the under-world. It seemed odd how it floated into my mind: not stirred up as it were by the current of my meditations, but coming in almost like a question from outside. I tried to recall the form of it. I had a vague sense of something familiar, but I could not tell what it was at the time.

«Still, however helpless the little people in the presence of their mysterious Fear, I was differently constituted. I came out of this age of ours, this ripe prime of the human race, when Fear does not paralyze and mystery has lost its terrors. I at least would defend myself. Without further delay I determined to make myself arms and a fastness where I might sleep. With that refuge as a base, I could face this strange world with some of that confidence I had lost in realizing to what creatures night by night I lay exposed. I felt I could never sleep again until my bed was secure from them. I shuddered with horror to think how they must already have examined me.

«I wandered during the afternoon along the valley of the Thames, but found nothing that commended itself to my mind as inaccessible. All the buildings and trees seemed easily practicable to such dexterous climbers as the Morlocks, to judge by their wells, must be. Then the tall pinnacles of the Palace of Green Porcelain and the polished gleam of its walls came back to my memory; and in the evening, taking Weena like a child upon my shoulder, I went up the hills towards the south-west. The distance, I had reckoned, was seven or eight miles, but it must have been nearer eighteen. I had first seen the place on a moist afternoon when distances are deceptively diminished. In addition, the heel of one of my shoes was loose, and a nail was working through the sole—they were comfortable old shoes I wore about indoors—so that I was lame. And it was already long past sunset when I came in sight of the palace, silhouetted black against the pale yellow of the sky.

«Weena had been hugely delighted when I began to carry her, but after a while she desired me to let her down, and ran along by the

a toda velocidad. Hace siglos, miles de generaciones, un hombre había expulsado a su hermano de la vida fácil y del sol. Y ahora ese hermano volvía... ¡cambiado! Los Eloi ya habían empezado a aprender de nuevo una vieja lección. Se estaban reencontrando con el Miedo. Y de repente me vino a la cabeza el recuerdo de la carne que había visto en el inframundo. Me pareció extraño que flotara en mi mente: no fue provocado por la corriente de mis meditaciones, sino que llegó casi como una pregunta desde el exterior. Intenté recordar su forma. Tuve una vaga sensación de algo familiar, pero no pude decir qué era en ese momento.

«Sin embargo, por muy indefensa que esté la pequeña gente en presencia de su misterioso Miedo, yo estaba constituido de manera diferente. Salí de esta edad nuestra, de esta madurez de la raza humana, cuando el Miedo no paraliza y el misterio ha perdido sus terrores. Yo al menos me defendería. Sin más demora, decidí hacerme de armas y de un reducto donde poder dormir. Con ese refugio como base, podía enfrentarme a este extraño mundo con algo de la confianza que había perdido al darme cuenta a qué criaturas estaba expuesto noche tras noche. Sentí que no podría volver a dormir hasta que mi cama estuviera a salvo de ellas. Me estremecí de horror al pensar cómo debían haberme examinado ya.

«Vagué durante la tarde a lo largo del valle del Támesis, pero no encontré nada que se me antojara inaccesible. Todos los edificios y árboles parecían fácilmente abordables para escaladores tan diestros como deben ser los Morlocks, a juzgar por sus pozos. Entonces me vinieron a la memoria los altos pináculos del Palacio de la Porcelana Verde y el pulido resplandor de sus muros; y al atardecer, llevando a Weena como una niña sobre mi hombro, subí a las colinas hacia el suroeste. Había calculado que la distancia era de unas siete u ocho millas, pero debía de estar más cerca de las dieciocho. Había visto el lugar por primera vez en una tarde húmeda en la que las distancias se reducen engañosamente. Además, el tacón de uno de mis zapatos estaba suelto y un clavo atravesaba la suela —eran unos zapatos viejos y cómodos que usaba en mi casa—, por lo que estaba cojo. Y ya había pasado el atardecer cuando llegué a avistar el palacio, que se perfilaba negro contra el amarillo pálido del cielo.

«Weena se alegró mucho cuando empecé a llevarla sobre mis hombros, pero al cabo de un rato deseó que la dejara libre y corrió a mi lado,

side of me, occasionally darting off on either hand to pick flowers to stick in my pockets. My pockets had always puzzled Weena, but at the last she had concluded that they were an eccentric kind of vases for floral decoration. At least she utilized them for that purpose. And that reminds me! In changing my jacket I found ...»

The Time Traveller paused, put his hand into his pocket, and silently placed two withered flowers, not unlike very large white mallows, upon the little table. Then he resumed his narrative.

«As the hush of evening crept over the world and we proceeded over the hill crest towards Wimbledon, Weena grew tired and wanted to return to the house of grey stone. But I pointed out the distant pinnacles of the Palace of Green Porcelain to her, and contrived to make her understand that we were seeking a refuge there from her Fear. You know that great pause that comes upon things before the dusk? Even the breeze stops in the trees. To me there is always an air of expectation about that evening stillness. The sky was clear, remote, and empty save for a few horizontal bars far down in the sunset. Well, that night the expectation took the colour of my fears. In that darkling calm my senses seemed preternaturally sharpened. I fancied I could even feel the hollowness of the ground beneath my feet: could, indeed, almost see through it the Morlocks on their ant-hill going hither and thither and waiting for the dark. In my excitement I fancied that they would receive my invasion of their burrows as a declaration of war. And why had they taken my Time Machine?

«So we went on in the quiet, and the twilight deepened into night. The clear blue of the distance faded, and one star after another came out. The ground grew dim and the trees black. Weena's fears and her fatigue grew upon her. I took her in my arms and talked to her and caressed her. Then, as the darkness grew deeper, she put her arms round my neck, and, closing her eyes, tightly pressed her face against my shoulder. So we went down a long slope into a valley, and there in the dimness I almost walked into a little river. This I waded, and went up the opposite side of the valley, past a number of sleeping-houses, and by a statue—a Faun, or some such figure, *minus* the head. Here too were acacias. So far I had seen nothing of the Morlocks, but it was yet early in the night, and the darker hours before the old moon rose were still to come.

alejándose de vez en cuando a recoger flores para meterlas en mis bolsillos. Mis bolsillos siempre habían desconcertado a Weena, pero al final parece que ella había llegado a la conclusión de que eran una especie de jarrones excéntricos para la decoración floral. Al menos los utilizaba para ese fin. ¡Y eso me recuerda! Al cambiar mi chaqueta encontré...».

El Viajero del Tiempo hizo una pausa, metió la mano en el bolsillo y colocó en silencio dos flores marchitas, no muy diferentes a unas malvas blancas muy grandes, sobre la mesita. Luego reanudó su relato.

«Cuando el silencio del atardecer se apoderó del mundo y avanzamos por la cresta de la colina hacia Wimbledon, Weena se cansó y quiso volver a la casa de piedra gris. Pero yo le señalé los pináculos lejanos del Palacio de la Porcelana Verde y me las ingenié para hacerle entender que buscábamos allí un refugio para su Miedo. ¿Conocen esa gran pausa que se produce en las cosas antes del crepúsculo? Incluso la brisa se detiene en los árboles. Para mí siempre hay un aire de expectación en esa quietud vespertina. El cielo estaba claro, remoto y vacío, salvo por unas pocas barras horizontales en el ocaso. Pues bien, esa noche la expectación tomó el color de mis temores. En aquella calma oscura, mis sentidos parecían agudizarse de forma sobrenatural. Creía que podía sentir la oquedad del suelo bajo mis pies: podía, de hecho, casi ver a través de él a los Morlocks en su hormiguero yendo de aquí para allá, esperando la oscuridad. En mi excitación creí que recibirían mi invasión de sus madrigueras como una declaración de guerra. ¿Y por qué se habían llevado mi Máquina del Tiempo?

«Así que avanzamos en esa calma, y el crepúsculo se convirtió en noche. El azul claro de la distancia se desvaneció, y una estrella tras otra salió. El suelo se oscureció y los árboles se volvieron negros. Los temores y el cansancio de Weena se apoderaron de ella. La tomé en mis brazos, le hablé y la acaricié. Luego, cuando la oscuridad se hizo más profunda, me rodeó el cuello con los brazos y, cerrando los ojos, apretó su cara contra mi hombro. Así que bajamos por una larga pendiente hacia un valle, y allí, en la oscuridad, casi me metí en un pequeño río. Lo vadeé y subí por el lado opuesto del valle, pasando por una serie de casas para dormir y por una estatua... un Fauno o una figura parecida, sin la cabeza. Aquí también había acacias. Hasta el momento no había visto nada de los Morlocks, pero aún era temprano en la noche, y las horas más oscuras, antes de que saliera la luna vieja, estaban por llegar.

«From the brow of the next hill I saw a thick wood spreading wide and black before me. I hesitated at this. I could see no end to it, either to the right or the left. Feeling tired—my feet, in particular were very sore—I carefully lowered Weena from my shoulder as I halted, and sat down upon the turf. I could no longer see the Palace of Green Porcelain, and I was in doubt of my direction. I looked into the thickness of the wood and thought of what it might hide. Under that dense tangle of branches one would be out of sight of the stars. Even were there no other lurking danger—a danger I did not care to let my imagination loose upon—there would still be all the roots to stumble over and the tree boles to strike against. I was very tired, too, after the excitements of the day; so I decided that I would not face it, but would pass the night upon the open hill.

«Weena, I was glad to find, was fast asleep. I carefully wrapped her in my jacket, and sat down beside her to wait for the moonrise. The hill-side was quiet and deserted, but from the black of the wood there came now and then a stir of living things. Above me shone the stars, for the night was very clear. I felt a certain sense of friendly comfort in their twinkling. All the old constellations had gone from the sky, however: that slow movement which is imperceptible in a hundred human lifetimes, had long since rearranged them in unfamiliar groupings. But the Milky Way, it seemed to me, was still the same tattered streamer of of star-dust as of yore. Southward (as I judged it) was a very bright red star that was new to me; it was even more splendid than our own green Sirius. And amid all these scintillating points of light one bright planet shone kindly and steadily like the face of an old friend.

«Looking at these stars suddenly dwarfed my own troubles and all the gravities of terrestrial life. I thought of their unfathomable distance, and the slow inevitable drift of their movements out of the unknown past into the unknown future. I thought of the great precessional cycle that the pole of the earth describes. Only forty times had that silent revolution occurred during all the years that I had traversed. And during these few revolutions all the activity, all the traditions, the complex organizations, the nations, languages, literatures, aspirations, even the mere memory of Man as I knew him, had been

«Desde la cima de la siguiente colina vi un espeso bosque que se extendía ancho y negro ante mí. Dudé ante esto. No podía ver el final, ni a la derecha ni a la izquierda. Sintiéndome cansado —mis pies, en particular, estaban muy doloridos— bajé cuidadosamente a Weena de mi hombro mientras me detenía, y me senté en el césped. Ya no podía ver el Palacio de la Porcelana Verde y dudaba de mi dirección. Miré la espesura del bosque y pensé en lo que podría esconder. Debajo de aquella densa maraña de ramas, uno no podía ver las estrellas. Incluso si no hubiera ningún otro peligro acechante —un peligro que no quería dar rienda suelta a mi imaginación—, seguirían allí todas las raíces con las que tropezar y los troncos de los árboles con los que chocar. Yo también estaba muy cansado, después de las agitaciones del día; así que decidí que no enfrentaría ningún peligro, sino que pasaría la noche en la colina abierta.

«Me alegró comprobar que Weena estaba profundamente dormida. La envolví cuidadosamente en mi chaqueta y me senté a su lado para esperar la salida de la luna. La ladera de la colina estaba tranquila y desierta, pero desde la oscuridad del bosque llegaba de vez en cuando el sonido propio al movimiento de seres vivos. Por encima de mí brillaban las estrellas, pues la noche era muy clara. Sentí una cierta sensación de confort amistoso en su parpadeo. Sin embargo, todas las antiguas constelaciones habían desaparecido del cielo: ese lento movimiento, imperceptible en cien vidas humanas, hacía tiempo que las había reorganizado en agrupaciones desconocidas. Pero la Vía Láctea, según me pareció, seguía siendo el mismo cordón de polvo estelar que antaño. Hacia el sur (según mi opinión) había una estrella roja muy brillante que era nueva para mí; era incluso más espléndida que nuestra verde Sirio. Y en medio de todos estos puntos de luz centelleantes, un planeta brillante resplandecía amable y firmemente como el rostro de un viejo amigo.

«Al mirar estas estrellas, de repente se empequeñecieron mis propios problemas y todas las gravedades de la vida terrestre. Pensé en su insondable distancia y en la lenta e inevitable deriva de sus movimientos desde el desconocido pasado hacia el desconocido futuro. Pensé en el gran ciclo de precesión que describe el polo de la tierra. Sólo cuarenta veces se había producido esa revolución silenciosa durante todos los años que yo había atravesado. Y durante estas pocas revoluciones toda la actividad, todas las tradiciones, las complejas organizaciones, las naciones, las lenguas, las literaturas, las aspiraciones, incluso el mero

swept out of existence. Instead were these frail creatures who had forgotten their high ancestry, and the white Things of which I went in terror. Then I thought of the Great Fear that was between the two species, and for the first time, with a sudden shiver, came the clear knowledge of what the meat I had seen might be. Yet it was too horrible! I looked at little Weena sleeping beside me, her face white and starlike under the stars, and forthwith dismissed the thought.

«Through that long night I held my mind off the Morlocks as well as I could, and whiled away the time by trying to fancy I could find signs of the old constellations in the new confusion. The sky kept very clear, except for a hazy cloud or so. No doubt I dozed at times. Then, as my vigil wore on, came a faintness in the eastward sky, like the reflection of some colourless fire, and the old moon rose, thin and peaked and white. And close behind, and overtaking it, and overflowing it, the dawn came, pale at first, and then growing pink and warm. No Morlocks had approached us. Indeed, I had seen none upon the hill that night. And in the confidence of renewed day it almost seemed to me that my fear had been unreasonable. I stood up and found my foot with the loose heel swollen at the ankle and painful under the heel; so I sat down again, took off my shoes, and flung them away.

«I awakened Weena, and we went down into the wood, now green and pleasant instead of black and forbidding. We found some fruit wherewith to break our fast. We soon met others of the dainty ones, laughing and dancing in the sunlight as though there was no such thing in nature as the night. And then I thought once more of the meat that I had seen. I felt assured now of what it was, and from the bottom of my heart I pitied this last feeble rill from the great flood of humanity. Clearly, at some time in the Long-Ago of human decay the Morlocks' food had run short. Possibly they had lived on rats and such-like vermin. Even now man is far less discriminating and exclusive in his food than he was—far less than any monkey. His prejudice against human flesh is no deep-seated instinct. And so these inhuman sons of men——! I tried to look at the thing in a scientific spirit. After all, they were less human and more remote than our cannibal

recuerdo del Ser Humano tal como yo lo conocía, habían sido barridos de la existencia. En su lugar estaban estas frágiles criaturas que habían olvidado su elevada ascendencia, y las Cosas blancas de las que yo huía aterrorizado. Entonces pensé en el Gran Miedo que había entre las dos especies, y por primera vez, con un súbito escalofrío, llegó el claro conocimiento de lo que podía ser la carne que había visto. Sin embargo, ¡era demasiado horrible! Miré a la pequeña Weena que dormía a mi lado, con su cara blanca e iluminada bajo las estrellas, y deseché inmediatamente el pensamiento.

«A lo largo de aquella larga noche me mantuve alejado de los Morlocks lo mejor que pude, y pasé el tiempo tratando de imaginar que podía encontrar señales de las antiguas constelaciones en la nueva confusión. El cielo se mantenía muy claro, excepto por una nube brumosa o algo similar. Sin duda, a veces me quedaba dormido. Luego, a medida que avanzaba mi vigilia, se produjo una claridad en el cielo, hacia el este, como el reflejo de un fuego incoloro, y la vieja luna salió, delgada y con forma de pico y blanca. Y muy cerca, sobrepasándola y desbordándola, llegó el amanecer, pálido al principio, y luego creciendo, rosado y cálido. Ningún Morlock se había acercado a nosotros. De hecho, no había visto ninguno en la colina aquella noche. Y en la confianza del renovado día casi me pareció que mi temor había sido irracional. Me levanté y encontré que el pie correspondiente al taco suelto estaba hinchado en el tobillo y tenía dolor; así que me senté de nuevo, me quité los zapatos y los tiré.

«Desperté a Weena, y bajamos al bosque, ahora verde y agradable en lugar de negro y prohibitivo. Encontramos algo de fruta con la que romper el ayuno. Pronto nos encontramos con otros de los delicados, riendo y bailando a la luz del sol como si no existiera la noche en la naturaleza. Y entonces volví a pensar en la carne que había visto. Ahora estaba seguro de lo que era, y desde el fondo de mi corazón me compadecí de este último y débil riachuelo de la gran inundación de la humanidad. Evidentemente, en algún momento del Largo Pasado de la decadencia humana la comida de los Morlocks se había agotado. Posiblemente habían vivido de ratas y alimañas similares. Incluso ahora el ser humano es mucho menos exigente y exclusivo en su alimentación de lo que solía ser... mucho menos que cualquier mono. Su prejuicio contra la carne humana no es un instinto profundamente arraigado. ¡Y así, estos inhumanos hijos de los hombres...! Traté de ver el asunto con un espíritu

ancestors of three or four thousand years ago. And the intelligence that would have made this state of things a torment had gone. Why should I trouble myself? These Eloi were mere fatted cattle, which the ant-like Morlocks preserved and preyed upon—probably saw to the breeding of. And there was Weena dancing at my side!

«Then I tried to preserve myself from the horror that was coming upon me, by regarding it as a rigorous punishment of human selfishness. Man had been content to live in ease and delight upon the labours of his fellow-man, had taken Necessity as his watchword and excuse, and in the fullness of time Necessity had come home to him. I even tried a Carlyle-like scorn of this wretched aristocracy in decay. But this attitude of mind was impossible. However great their intellectual degradation, the Eloi had kept too much of the human form not to claim my sympathy, and to make me perforce a sharer in their degradation and their Fear.

«I had at that time very vague ideas as to the course I should pursue. My first was to secure some safe place of refuge, and to make myself such arms of metal or stone as I could contrive. That necessity was immediate. In the next place, I hoped to procure some means of fire, so that I should have the weapon of a torch at hand, for nothing, I knew, would be more efficient against these Morlocks. Then I wanted to arrange some contrivance to break open the doors of bronze under the White Sphinx. I had in mind a battering ram. I had a persuasion that if I could enter those doors and carry a blaze of light before me I should discover the Time Machine and escape. I could not imagine the Morlocks were strong enough to move it far away. Weena I had resolved to bring with me to our own time. And turning such schemes over in my mind I pursued our way towards the building which my fancy had chosen as our dwelling.

científico. Después de todo, eran menos humanos y más remotos que nuestros ancestros caníbales de hace tres o cuatro mil años. Y la inteligencia que habría hecho de este estado de cosas un tormento había desaparecido. ¿Por qué debería preocuparme? Estos Eloi eran meras reses engordadas, que los Morlocks, como las hormigas, conservaban y depredaban... y probablemente se ocupaban de su cría. ¡Y ahí estaba Weena bailando a mi lado!

«Entonces traté de preservarme del horror que se me venía encima, considerándolo como un riguroso castigo del egoísmo humano. El hombre se había contentado con vivir en la facilidad y el deleite de los trabajos de sus semejantes, había tomado la Necesidad como su consigna y excusa, y en la plenitud del tiempo la Necesidad había llegado a su hogar. Incluso intenté un desprecio a la Carlyle de esta miserable aristocracia en decadencia. Pero esta actitud mental era imposible. Por muy grande que fuera su degradación intelectual, los Eloi habían conservado demasiado la forma humana como para no reclamar mi simpatía y hacerme forzosamente partícipe de su degradación y de su Miedo.

«En aquel momento tenía ideas muy vagas sobre el camino que debía seguir. Lo primero que hice fue buscar un lugar seguro para refugiarme y fabricar las armas, de metal o de piedra, con lo que pudiera encontrar. Esa necesidad era inmediata. En segundo lugar, esperaba conseguir algún medio para hacer fuego, de modo que tuviera a mano una antorcha como arma, pues sabía que nada sería más eficaz contra esos Morlocks. Luego quise disponer de algún artilugio para romper las puertas de bronce bajo la Esfinge Blanca. Tenía en mente un ariete. Tenía la convicción de que si lograba entrar por esas puertas, llevando alguna luz, encontraría la Máquina del Tiempo y escaparía. No podía imaginar que los Morlocks fueran lo suficientemente fuertes como para llevarla lejos. A Weena había resuelto traerla conmigo a nuestro tiempo. Y dándole vueltas a esos planes, seguí nuestro camino hacia el edificio que mi fantasía había elegido como vivienda.

XI — THE PALACE OF GREEN PORCELAIN

«I found the Palace of Green Porcelain, when we approached it about noon, deserted and falling into ruin. Only ragged vestiges of glass remained in its windows, and great sheets of the green facing had fallen away from the corroded metallic framework. It lay very high upon a turfy down, and looking north-eastward before I entered it, I was surprised to see a large estuary, or even creek, where I judged Wandsworth and Battersea must once have been. I thought then—though I never followed up the thought—of what might have happened, or might be happening, to the living things in the sea.

«The material of the Palace proved on examination to be indeed porcelain, and along the face of it I saw an inscription in some unknown character. I thought, rather foolishly, that Weena might help me to interpret this, but I only learnt that the bare idea of writing had never entered her head. She always seemed to me, I fancy, more human than she was, perhaps because her affection was so human.

«Within the big valves of the door—which were open and broken— we found, instead of the customary hall, a long gallery lit by many side windows. At the first glance I was reminded of a museum. The tiled floor was thick with dust, and a remarkable array of miscellaneous objects was shrouded in the same grey covering. Then I perceived, standing strange and gaunt in the centre of the hall, what was clearly the lower part of a huge skeleton. I recognized by the oblique feet that it was some extinct creature after the fashion of the Megatherium. The skull and the upper bones lay beside it in the thick dust, and in one place, where rain-water had dropped through a leak in the roof, the thing itself had been worn away. Further in the gallery was the huge skeleton barrel of a Brontosaurus. My museum hypothesis was confirmed. Going towards the side I found what appeared to be sloping shelves, and clearing away the thick dust, I found the old familiar glass cases of our own time. But they must have been air-tight to judge from the fair preservation of some of their contents.

«Clearly we stood among the ruins of some latter-day South Kensington! Here, apparently, was the Palæontological Section, and a very splendid array of fossils it must have been, though the inevitable

XI – EL PALACIO DE LA PORCELANA VERDE

«Encontré el Palacio de la Porcelana Verde, cuando nos acercamos a él hacia el mediodía, desierto y en ruinas. Sólo quedaban vestigios de vidrio en sus ventanas, y grandes láminas del revestimiento verde se habían desprendido del corroído marco metálico. Estaba situado en lo alto de una colina, y al mirar hacia el noreste, antes de entrar en él, me sorprendió ver un gran estuario, o incluso un arroyo, en el lugar en el que, a mi juicio, debían estar Wandsworth y Battersea. Pensé entonces —aunque nunca proseguí la idea— en lo que podría haber sucedido, o podría estar sucediendo, a los seres vivos en el mar.

«El material del palacio resultó ser porcelana, y en su superficie vi una inscripción de carácter desconocido. Pensé, tontamente, que Weena podría ayudarme a interpretarla, pero sólo logré enterarme que la mera idea de la escritura nunca se le había pasado por la cabeza. Siempre me pareció más humana de lo que era, quizá porque su afecto era muy humano.

«Dentro de las grandes válvulas de la puerta —que estaban abiertas y rotas— encontramos, en lugar del habitual vestíbulo, una larga galería iluminada por muchas ventanas laterales. A primera vista me recordó a un museo. El suelo de baldosas estaba lleno de polvo, y un notable conjunto de objetos diversos estaba envuelto en la misma cubierta gris. Entonces percibí, de pie, extraño y delgado, en el centro de la sala, lo que era claramente la parte inferior de un enorme esqueleto. Reconocí por los pies oblicuos que se trataba de una criatura extinguida, parecida a un Megaterio. El cráneo y los huesos superiores yacían junto a él en el espeso polvo, y en un lugar, en el que el agua de lluvia había caído a través de una gotera en el techo, la cosa misma se había desgastado. Más adelante, en la galería, estaba el enorme esqueleto de un Brontosaurio. Mi hipótesis acerca de un museo se confirmó. Dirigiéndome hacia un lado encontré lo que parecían ser estantes inclinados, y al quitar el espeso polvo, encontré las viejas y familiares vitrinas de nuestra época. Pero debían de ser herméticas a juzgar por la buena conservación de algunos de sus contenidos.

«¡Claramente, nos encontrábamos entre las ruinas de un South Kensington de los últimos tiempos! Aquí, aparentemente, estaba la Sección Paleontológica, y debía de ser un conjunto muy espléndido de fósiles,

process of decay that had been staved off for a time, and had, through the extinction of bacteria and fungi, lost ninety-nine hundredths of its force, was nevertheless, with extreme sureness if with extreme slowness at work again upon all its treasures. Here and there I found traces of the little people in the shape of rare fossils broken to pieces or threaded in strings upon reeds. And the cases had in some instances been bodily removed—by the Morlocks, as I judged. The place was very silent. The thick dust deadened our footsteps. Weena, who had been rolling a sea urchin down the sloping glass of a case, presently came, as I stared about me, and very quietly took my hand and stood beside me.

«And at first I was so much surprised by this ancient monument of an intellectual age that I gave no thought to the possibilities it presented. Even my pre-occupation about the Time Machine receded a little from my mind.

«To judge from the size of the place, this Palace of Green Porcelain had a great deal more in it than a Gallery of Palæontology; possibly historical galleries; it might be, even a library! To me, at least in my present circumstances, these would be vastly more interesting than this spectacle of old-time geology in decay. Exploring, I found another short gallery running transversely to the first. This appeared to be devoted to minerals, and the sight of a block of sulphur set my mind running on gunpowder. But I could find no saltpetre; indeed, no nitrates of any kind. Doubtless they had deliquesced ages ago. Yet the sulphur hung in my mind, and set up a train of thinking. As for the rest of the contents of that gallery, though on the whole they were the best preserved of all I saw, I had little interest. I am no specialist in mineralogy, and I went on down a very ruinous aisle running parallel to the first hall I had entered. Apparently this section had been devoted to natural history, but everything had long since passed out of recognition. A few shrivelled and blackened vestiges of what had once been stuffed animals, desiccated mummies in jars that had once held spirit, a brown dust of departed plants: that was all! I was sorry for that, because I should have been glad to trace the patient re-adjustments by which the conquest of animated nature had been attained. Then we came to a gallery of simply colossal proportions, but singularly ill-lit, the floor of it running downward at a slight angle

aunque el inevitable proceso de descomposición que se había evitado durante un tiempo, y que, por la extinción de bacterias y hongos, había perdido noventa y nueve por ciento de su fuerza, estaba sin embargo, con extrema seguridad aunque con extrema lentitud, trabajando nuevamente sobre todos sus tesoros. Aquí y allá encontré rastros de la pequeña gente en las formas de los raros fósiles, rotos en pedazos o ensartados en cuerdas sobre cañas. En algunos casos, las cajas habían sido removidas por los Morlocks, según mi opinión. El lugar era muy silencioso. El espeso polvo amortiguaba nuestros pasos. Weena, que había estado haciendo rodar un erizo de mar por el cristal inclinado de una vitrina, se acercó en seguida, mientras yo miraba a mi alrededor, y muy silenciosamente me tomó de la mano y se puso a mi lado.

«Y al principio me sorprendió tanto este antiguo monumento de una época intelectual que no pensé en las posibilidades que presentaba. Incluso mi preocupación por la Máquina del Tiempo se alejó un poco de mi mente.

«A juzgar por el tamaño del lugar, este Palacio de la Porcelana Verde tenía mucho más que una Galería de Paleontología; posiblemente galerías históricas; ¡podría ser, incluso una biblioteca! Para mí, al menos en mis actuales circunstancias, éstas serían mucho más interesantes que este espectáculo de geología antigua en decadencia. Explorando, encontré otra galería corta que corría transversalmente a la primera. Parecía estar dedicada a los minerales, y la visión de un bloque de azufre me hizo pensar en fabricar pólvora. Pero no pude encontrar salitre, ni tampoco nitratos de ningún tipo. Sin duda, se habían descompuesto hace mucho tiempo. Sin embargo, la idea del azufre quedó en mi mente y me hizo reflexionar. En cuanto al resto del contenido de esa galería, aunque en general era el mejor conservado de todos los que vi, me interesaba poco. No soy especialista en mineralogía, y seguí por un pasillo muy ruinoso que corría paralelo a la primera sala por la que había entrado. Al parecer, esta sección había estado dedicada a la historia natural, pero hacía mucho tiempo que todo había perdido la posibilidad de ser reconocido. Unos pocos vestigios marchitos y ennegrecidos de lo que antes habían sido animales disecados, momias disecadas en frascos que antes habían albergado alcohol, un polvo marrón de plantas difuntas... ¡eso era todo! Lo lamenté, porque me habría gustado seguir los pacientes reajustes mediante los cuales se había logrado la conquista de la naturaleza animada. Luego llegamos a una galería de proporcio-

from the end at which I entered. At intervals white globes hung from the ceiling—many of them cracked and smashed—which suggested that originally the place had been artificially lit. Here I was more in my element, for rising on either side of me were the huge bulks of big machines, all greatly corroded and many broken down, but some still fairly complete. You know I have a certain weakness for mechanism, and I was inclined to linger among these; the more so as for the most part they had the interest of puzzles, and I could make only the vaguest guesses at what they were for. I fancied that if I could solve their puzzles I should find myself in possession of powers that might be of use against the Morlocks.

«Suddenly Weena came very close to my side. So suddenly that she startled me. Had it not been for her I do not think I should have noticed that the floor of the gallery sloped at all. [It may be, of course, that the floor did not slope, but that the museum was built into the side of a hill —ED]. The end I had come in at was quite above ground, and was lit by rare slit-like windows. As you went down the length, the ground came up against these windows, until at last there was a pit like the 'area' of a London house before each, and only a narrow line of daylight at the top. I went slowly along, puzzling about the machines, and had been too intent upon them to notice the gradual diminution of the light, until Weena's increasing apprehensions drew my attention. Then I saw that the gallery ran down at last into a thick darkness. I hesitated, and then, as I looked round me, I saw that the dust was less abundant and its surface less even. Further away towards the dimness, it appeared to be broken by a number of small narrow footprints. My sense of the immediate presence of the Morlocks revived at that. I felt that I was wasting my time in the academic examination of machinery. I called to mind that it was already far advanced in the afternoon, and that I had still no weapon, no refuge, and no means of making a fire. And then down in the remote blackness of the gallery I heard a peculiar pattering, and the same odd noises I had heard down the well.

«I took Weena's hand. Then, struck with a sudden idea, I left her and turned to a machine from which projected a lever not unlike

nes sencillamente colosales, pero singularmente mal iluminada, ya que el suelo de la misma descendía en un ligero ángulo desde el extremo por el que entré. A intervalos, del techo colgaban globos blancos —muchos de ellos agrietados y destrozados— que sugerían que originalmente el lugar había sido iluminado artificialmente. Aquí me encontraba más en mi elemento, pues a ambos lados se alzaban los enormes bultos de las grandes máquinas, todas muy corroídas y muchas de ellas averiadas, pero algunas todavía bastante completas. Ya saben que tengo cierta debilidad por los mecanismos y me sentí inclinado a quedarme entre ellos; tanto más cuanto que en su mayor parte tenían el interés de los rompecabezas y yo sólo podía imaginarme vagamente para qué servían. Creía que si podía resolver esos rompecabezas, obtendría poderes que podrían ser útiles contra los Morlocks.

«De repente, Weena se acercó bastante a mi lado. Tan repentinamente que me sobresaltó. Si no hubiera sido por ella, creo que no me habría dado cuenta de que el suelo de la galería estaba inclinado. [Puede ser, por supuesto, que el suelo no estuviera inclinado, sino que el museo estuviera construido en la ladera de una colina — Nota del editor]. El extremo por el que yo había entrado estaba bastante por encima del suelo, y estaba iluminado por unas raras ventanas en forma de rendija. A medida que uno descendía, el suelo se acercaba a estas ventanas, hasta que al final había un foso, como el "área" de una casa londinense, delante de cada una y sólo una estrecha línea de luz natural en la parte superior. Avancé despacio, confundido por las máquinas… había estado demasiado atento a ellas como para notar la disminución gradual de la luz, hasta que la creciente aprensión de Weena llamó mi atención. Entonces vi que la galería descendía por fin hacia una espesa oscuridad. Dudé, y luego, al mirar a mi alrededor, vi que el polvo era menos abundante y su superficie menos uniforme. Más lejos, hacia la penumbra, parecía estar interrumpida por una serie de pequeñas y estrechas huellas. Mi sensación de la presencia inmediata de los Morlocks revivió en ese momento. Sentí que estaba perdiendo el tiempo en el examen académico de la maquinaria. Recordé que ya estaba muy avanzada la tarde y que todavía no tenía ningún arma, ningún refugio, ni ningún medio para hacer fuego. Y entonces, en la remota negrura de la galería, oí un peculiar repiqueteo y los mismos ruidos extraños que había oído en el pozo.

«Cogí la mano de Weena. Entonces, impulsado por una idea repentina, la dejé y me dirigí a una máquina de la que salía una palanca no muy

those in a signal-box. Clambering upon the stand, and grasping this lever in my hands, I put all my weight upon it sideways. Suddenly Weena, deserted in the central aisle, began to whimper. I had judged the strength of the lever pretty correctly, for it snapped after a minute's strain, and I rejoined her with a mace in my hand more than sufficient, I judged, for any Morlock skull I might encounter. And I longed very much to kill a Morlock or so. Very inhuman, you may think, to want to go killing one's own descendants! But it was impossible, somehow, to feel any humanity in the things. Only my disinclination to leave Weena, and a persuasion that if I began to slake my thirst for murder my Time Machine might suffer, restrained me from going straight down the gallery and killing the brutes I heard.

«Well, mace in one hand and Weena in the other, I went out of that gallery and into another and still larger one, which at the first glance reminded me of a military chapel hung with tattered flags. The brown and charred rags that hung from the sides of it, I presently recognized as the decaying vestiges of books. They had long since dropped to pieces, and every semblance of print had left them. But here and there were warped boards and cracked metallic clasps that told the tale well enough. Had I been a literary man I might, perhaps, have moralized upon the futility of all ambition. But as it was, the thing that struck me with keenest force was the enormous waste of labour to which this sombre wilderness of rotting paper testified. At the time I will confess that I thought chiefly of the *Philosophical Transactions* and my own seventeen papers upon physical optics.

«Then, going up a broad staircase, we came to what may once have been a gallery of technical chemistry. And here I had not a little hope of useful discoveries. Except at one end where the roof had collapsed, this gallery was well preserved. I went eagerly to every unbroken case. And at last, in one of the really air-tight cases, I found a box of matches. Very eagerly I tried them. They were perfectly good. They were not even damp. I turned to Weena. 'Dance,' I cried to her in her own tongue. For now I had a weapon indeed against the horrible creatures we feared. And so, in that derelict museum, upon the thick soft carpeting of dust, to Weena's huge delight, I solemnly performed a kind of composite dance, whistling *The Land of the Leal* as cheerfully

diferente a la de una caja de señales para trenes. Trepando al soporte, y agarrando esta palanca en mis manos, puse todo mi peso sobre ella de forma lateral. De repente, Weena, abandonada en el pasillo central, comenzó a gemir. Había juzgado correctamente la fuerza de la palanca, pues se rompió tras un minuto de esfuerzo, y me reuní con ella con una maza en la mano más que suficiente, a mi juicio, para cualquier cráneo de Morlock que pudiera encontrar. Y en verdad anhelaba matar a un Morlock o algo así. Muy inhumano, pensarán ustedes, querer matar a los propios descendientes. Pero era imposible, de alguna manera, sentir alguna humanidad en esas cosas. Sólo mi desgana por dejar a Weena, y la persuasión de que si empezaba a saciar mi sed de asesinato mi Máquina del Tiempo podría sufrir, me impidieron bajar directamente a la galería y matar a los brutos que oí.

«Pues bien, con la maza en una mano y Weena en la otra, salí de aquella galería y entré en otra aún más grande, que a primera vista me recordó una capilla militar cubierta de banderas andrajosas. Había trapos marrones y carbonizados que colgaban de los lados de la misma: los reconocí enseguida como vestigios decadentes de libros. Hacía tiempo que se habían hecho pedazos, y toda apariencia de letra impresa los había abandonado. Pero aquí y allá había tablas deformadas y cierres metálicos agrietados que contaban la historia bastante bien. Si yo hubiera sido un hombre de letras, tal vez podría haber moralizado sobre la inutilidad de toda ambición. Pero tal y como estaba, lo que me impresionó con mayor fuerza fue el enorme despilfarro de trabajo que atestiguaba este sombrío desierto de papel podrido. En aquel momento, confieso que pensé principalmente en las *Transacciones Filosóficas* y en mis propios diecisiete artículos sobre óptica física.

«Luego, subiendo una amplia escalera, llegamos a lo que pudo ser una galería de química técnica. Y aquí tenía no pocas esperanzas de hacer descubrimientos útiles. Salvo en un extremo, donde el techo se había derrumbado, esta galería estaba bien conservada. Me acerqué con avidez a cada caja intacta. Y por fin, en una de las cajas realmente herméticas, encontré una caja de cerillas. Con mucho entusiasmo las probé. Estaban en perfecto estado. Ni siquiera estaban húmedas. Me volví hacia Weena. "Baila", le grité en su propia lengua. Porque ahora sí que tenía un arma contra las horribles criaturas que temíamos. Y así, en aquel museo abandonado, sobre la espesa y suave alfombra de polvo, para enorme deleite de Weena, ejecuté solemnemente una especie

as I could. In part it was a modest *cancan*, in part a step dance, in part a skirt dance (so far as my tail-coat permitted), and in part original. For I am naturally inventive, as you know.

«Now, I still think that for this box of matches to have escaped the wear of time for immemorial years was a most strange, as for me it was a most fortunate, thing. Yet, oddly enough, I found a far unlikelier substance, and that was camphor. I found it in a sealed jar, that by chance, I suppose, had been really hermetically sealed. I fancied at first that it was paraffin wax, and smashed the glass accordingly. But the odour of camphor was unmistakable. In the universal decay this volatile substance had chanced to survive, perhaps through many thousands of centuries. It reminded me of a sepia painting I had once seen done from the ink of a fossil Belemnite that must have perished and become fossilised millions of years ago. I was about to throw it away, but I remembered that it was inflammable and burnt with a good bright flame—was, in fact, an excellent candle—and I put it in my pocket. I found no explosives, however, nor any means of breaking down the bronze doors. As yet my iron crowbar was the most helpful thing I had chanced upon. Nevertheless I left that gallery greatly elated.

«I cannot tell you all the story of that long afternoon. It would require a great effort of memory to recall my explorations in at all the proper order. I remember a long gallery of rusting stands of arms, and how I hesitated between my crowbar and a hatchet or a sword. I could not carry both, however, and my bar of iron promised best against the bronze gates. There were numbers of guns, pistols, and rifles. The most were masses of rust, but many were of some new metal, and still fairly sound. But any cartridges or powder there may once have been had rotted into dust. One corner I saw was charred and shattered; perhaps, I thought, by an explosion among the specimens. In another place was a vast array of idols—Polynesian, Mexican, Grecian, Phœnician, every country on earth, I should think. And here, yielding to an irresistible impulse, I wrote my name upon the nose of a steatite monster from South America that particularly took my fancy.

«As the evening drew on, my interest waned. I went through galle-

de danza compuesta, silbando *La Tierra del Leal* tan alegremente como pude. En parte era un modesto cancán, en parte un baile de step, en parte un baile de faldas (hasta donde mi frac me lo permitía), y en parte original. Porque soy inventivo por naturaleza, como saben.

«Ahora bien, sigo pensando que el hecho de que esta caja de cerillas haya escapado al desgaste del tiempo durante años inmemoriales fue algo muy extraño, como para mí fue algo muy afortunado. Sin embargo, extrañamente, encontré una sustancia mucho más improbable, que era el alcanfor. Lo encontré en un frasco cerrado, que, por casualidad, supongo, había sido cerrado herméticamente. Al principio creí que se trataba de parafina y rompí el cristal en consecuencia. Pero el olor a alcanfor era inconfundible. En la decadencia universal, esta sustancia volátil había sobrevivido, quizá durante muchos miles de siglos. Me recordó una pintura sepia que había visto una vez hecha con la tinta de una belemnita que debía haber perecido y fosilizarse hace millones de años. Estuve a punto de tirar el alcanfor, pero recordé que era inflamable y que ardía con una buena llama brillante —era, de hecho, una excelente vela— y lo guardé en el bolsillo. Sin embargo, no encontré ningún explosivo ni ningún medio para derribar las puertas de bronce. Mi palanca de hierro era lo más útil que había encontrado. Sin embargo, salí de la galería muy satisfecho.

«No podría contar toda la historia de aquella larga tarde. Necesitaría un gran esfuerzo de memoria para recordar mis exploraciones en el orden adecuado. Recuerdo una larga galería de puestos de armas oxidadas, y cómo dudé entre mi palanca y un hacha o una espada. Sin embargo, no podía llevar las dos cosas, y mi barra de hierro era más prometedora contra las puertas de bronce. Había muchas armas, pistolas y rifles. La mayoría eran masas de óxido, pero muchos estaban hechos de algún metal nuevo, y todavía bastante sanos. Sin embargo, los cartuchos, o la pólvora, que pudieran haber existido se habían convertido en polvo. Una de las esquinas que vi estaba carbonizada y destrozada; tal vez, pensé, por una explosión entre los especímenes. En otro lugar había una gran variedad de ídolos: polinesios, mexicanos, griegos, fenicios, de todos los países del mundo, creo. Y aquí, cediendo a un impulso irresistible, escribí mi nombre en la nariz de un monstruo de esteatita de América del Sur que me atraía especialmente.

«A medida que avanzaba la tarde, mi interés disminuía. Recorrí una

ry after gallery, dusty, silent, often ruinous, the exhibits sometimes mere heaps of rust and lignite, sometimes fresher. In one place I suddenly found myself near the model of a tin mine, and then by the merest accident I discovered, in an air-tight case, two dynamite cartridges! I shouted 'Eureka!' and smashed the case with joy. Then came a doubt. I hesitated. Then, selecting a little side gallery, I made my essay. I never felt such a disappointment as I did in waiting five, ten, fifteen minutes for an explosion that never came. Of course the things were dummies, as I might have guessed from their presence. I really believe that had they not been so, I should have rushed off incontinently and blown Sphinx, bronze doors, and (as it proved) my chances of finding the Time Machine, all together into non-existence.

«It was after that, I think, that we came to a little open court within the palace. It was turfed, and had three fruit-trees. So we rested and refreshed ourselves. Towards sunset I began to consider our position. Night was creeping upon us, and my inaccessible hiding-place had still to be found. But that troubled me very little now. I had in my possession a thing that was, perhaps, the best of all defences against the Morlocks—I had matches! I had the camphor in my pocket, too, if a blaze were needed. It seemed to me that the best thing we could do would be to pass the night in the open, protected by a fire. In the morning there was the getting of the Time Machine. Towards that, as yet, I had only my iron mace. But now, with my growing knowledge, I felt very differently towards those bronze doors. Up to this, I had refrained from forcing them, largely because of the mystery on the other side. They had never impressed me as being very strong, and I hoped to find my bar of iron not altogether inadequate for the work.

galería tras otra, polvorientas, silenciosas, a menudo ruinosas, los objetos expuestos a veces eran meros montones de óxido y lignito, a veces más frescos. En un lugar me encontré de repente cerca de la maqueta de una mina de estaño, y entonces, por un mero accidente, descubrí, en una caja hermética, ¡dos cartuchos de dinamita! Grité "¡Eureka!" y rompí la caja con alegría. Entonces me surgió una duda. Vacilé. Luego, seleccionando una pequeña galería lateral, hice un ensayo. Nunca sentí tanta decepción como al esperar cinco, diez, quince minutos una explosión que nunca llegó. Por supuesto, las cosas eran de utilería, como podría haber adivinado por su presencia en un museo. Realmente creo que si no lo hubieran sido, me habría tomado toda con prisa y habría hecho saltar por los aires la Esfinge, las puertas de bronce y (como se demostró) mis posibilidades de encontrar la Máquina del Tiempo.

«Fue después de eso, creo, cuando llegamos a un pequeño patio abierto dentro del palacio. Estaba cubierto de césped y tenía tres árboles frutales. Así que descansamos y nos refrescamos. Hacia el atardecer comencé a considerar nuestra posición. La noche se arrastraba sobre nosotros, y mi escondite inaccesible aún tenía que ser encontrado. Pero eso me preocupaba muy poco ahora. Tenía en mi poder una cosa que era, quizás, la mejor de todas las defensas contra los Morlocks: ¡tenía cerillas! También tenía el alcanfor en el bolsillo, por si hacía falta hacer un fogón. Me pareció que lo mejor que podíamos hacer era pasar la noche al aire libre, protegidos por una hoguera. Por la mañana había que buscar la Máquina del Tiempo. Para ese efecto, hasta ahora, sólo tenía mi maza de hierro. Pero ahora, con mis crecientes conocimientos, me sentía muy diferente hacia esas puertas de bronce. Hasta ahora, me había abstenido de forzarlas, en gran medida por el misterio que reinaba al otro lado. Nunca me habían parecido muy fuertes, y esperaba que mi barra de hierro no fuera del todo inadecuada para el trabajo.

XII — IN THE DARKNESS

«We emerged from the Palace while the sun was still in part above the horizon. I was determined to reach the White Sphinx early the next morning, and ere the dusk I purposed pushing through the woods that had stopped me on the previous journey. My plan was to go as far as possible that night, and then, building a fire, to sleep in the protection of its glare. Accordingly, as we went along I gathered any sticks or dried grass I saw, and presently had my arms full of such litter. Thus loaded, our progress was slower than I had anticipated, and besides Weena was tired. And I, also, began to suffer from sleepiness too; so that it was full night before we reached the wood. Upon the shrubby hill of its edge Weena would have stopped, fearing the darkness before us; but a singular sense of impending calamity, that should indeed have served me as a warning, drove me onward. I had been without sleep for a night and two days, and I was feverish and irritable. I felt sleep coming upon me, and the Morlocks with it.

«While we hesitated, among the black bushes behind us, and dim against their blackness, I saw three crouching figures. There was scrub and long grass all about us, and I did not feel safe from their insidious approach. The forest, I calculated, was rather less than a mile across. If we could get through it to the bare hillside, there, as it seemed to me, was an altogether safer resting-place; I thought that with my matches and my camphor I could contrive to keep my path illuminated through the woods. Yet it was evident that if I was to flourish matches with my hands I should have to abandon my firewood; so, rather reluctantly, I put it down. And then it came into my head that I would amaze our friends behind by lighting it. I was to discover the atrocious folly of this proceeding, but it came to my mind as an ingenious move for covering our retreat.

«I don't know if you have ever thought what a rare thing flame must be in the absence of man and in a temperate climate. The sun's heat is rarely strong enough to burn, even when it is focused by dewdrops, as is sometimes the case in more tropical districts. Lightning may blast and blacken, but it rarely gives rise to widespread fire. Decaying vegetation may occasionally smoulder with the heat of its fermenta-

«Salimos del Palacio cuando el sol estaba todavía parcialmente por encima del horizonte. Estaba decidido a llegar a la Esfinge Blanca a primera hora de la mañana siguiente, y antes del atardecer me propuse atravesar el bosque en el que me había detenido en el viaje anterior. Mi plan era llegar lo más lejos posible esa noche y luego, encendiendo un fuego, dormir al amparo de su resplandor. En consecuencia, a medida que avanzábamos, recogía los palos o la hierba seca que veía, y al poco tiempo tenía los brazos llenos de tales desperdicios. Así cargados, nuestro avance fue más lento de lo que había previsto, y además Weena estaba cansada. Yo también empecé a sufrir de somnolencia, de modo que se hizo de noche antes de que llegáramos al bosque. En la colina de arbustos a la linde, Weena quería detenerse, temiendo la oscuridad que nos esperaba, pero una singular sensación de calamidad inminente, que debería haberme servido de advertencia, me impulsó a seguir adelante. Llevaba una noche y dos días sin dormir, y estaba febril e irritable. Sentí que el sueño se me venía encima, y los Morlocks con él.

«Mientras dudábamos, entre los negros arbustos que había detrás de nosotros, y en la penumbra de su negrura, vi tres figuras agazapadas. Había matorrales y hierbas largas a nuestro alrededor, y no me sentí a salvo de su insidiosa aproximación. Calculé que el bosque tenía menos de una milla de ancho. Si podíamos atravesarlo hasta la ladera desnuda, allí, como me parecía, se encontraba un lugar de descanso completamente más seguro; pensé que con mis fósforos y mi alcanfor podría ingeniármelas para mantener mi camino iluminado a través del bosque. Sin embargo, era evidente que si quería frotar las cerillas con las manos tendría que abandonar la leña; así que, con bastante reticencia, la dejé. Y entonces se me ocurrió sorprender a nuestros amigos que teníamos atrás encendiéndola. Después descubrí la atroz insensatez de este procedimiento, pero se me ocurrió en ese momento como una jugada ingeniosa para cubrir nuestra retirada.

«No sé si han pensado alguna vez lo rara que debe ser la llama en ausencia del hombre y en un clima templado. El calor del sol rara vez es lo suficientemente fuerte como para quemar, incluso cuando es reflejado por las gotas de rocío, como ocurre a veces en zonas más tropicales. Los relámpagos pueden estallar y ennegrecer, pero rara vez dan lugar a un incendio generalizado. La vegetación en descomposición puede arder

tion, but this rarely results in flame. In this decadence, too, the art of fire-making had been forgotten on the earth. The red tongues that went licking up my heap of wood were an altogether new and strange thing to Weena.

«She wanted to run to it and play with it. I believe she would have cast herself into it had I not restrained her. But I caught her up, and in spite of her struggles, plunged boldly before me into the wood. For a little way the glare of my fire lit the path. Looking back presently, I could see, through the crowded stems, that from my heap of sticks the blaze had spread to some bushes adjacent, and a curved line of fire was creeping up the grass of the hill. I laughed at that, and turned again to the dark trees before me. It was very black, and Weena clung to me convulsively, but there was still, as my eyes grew accustomed to the darkness, sufficient light for me to avoid the stems. Overhead it was simply black, except where a gap of remote blue sky shone down upon us here and there. I lit none of my matches because I had no hand free. Upon my left arm I carried my little one, in my right hand I had my iron bar.

«For some way I heard nothing but the crackling twigs under my feet, the faint rustle of the breeze above, and my own breathing and the throb of the blood-vessels in my ears. Then I seemed to know of a pattering behind me. I pushed on grimly. The pattering grew more distinct, and then I caught the same queer sound and voices I had heard in the under-world. There were evidently several of the Morlocks, and they were closing in upon me. Indeed, in another minute I felt a tug at my coat, then something at my arm. And Weena shivered violently, and became quite still.

«It was time for a match. But to get one I must put her down. I did so, and, as I fumbled with my pocket, a struggle began in the darkness about my knees, perfectly silent on her part and with the same peculiar cooing sounds from the Morlocks. Soft little hands, too, were creeping over my coat and back, touching even my neck. Then the match scratched and fizzed. I held it flaring, and saw the white backs of the Morlocks in flight amid the trees. I hastily took a lump of camphor from my pocket, and prepared to light it as soon as the match should wane. Then I looked at Weena. She was lying clutching my

ocasionalmente con el calor de su fermentación, pero rara vez se produce una llama. En esta decadencia, también, el arte de hacer fuego había sido olvidado en la tierra. Las lenguas rojas que iban lamiendo mi montón de leña eran algo totalmente nuevo y extraño para Weena.

«Ella quería correr hacia el fuego y jugar con él. Creo que se habría lanzado al fuego si no la hubiera retenido. Pero la atrapé y, a pesar de unos forcejeos, continué audazmente delante mío, hacia el bosque. El resplandor de mi fuego iluminó el camino durante un trecho. Al mirar hacia atrás, pude ver, a través de los tallos amontonados, que desde mi montón de palos el fuego se había extendido a algunos arbustos adyacentes, y una línea curva de fuego se arrastraba por la hierba de la colina. Me reí de aquello y me volví de nuevo hacia los oscuros árboles que tenía delante. Era muy oscuro, y Weena se aferró a mí convulsivamente, pero todavía había, a medida que mis ojos se acostumbraban a la oscuridad, suficiente luz para evitar las ramas. En lo alto, todo era simplemente negro, excepto en los lugares en los que un remoto cielo azul brillaba sobre nosotros aquí y allá. No encendí ninguna de mis cerillas porque no tenía ninguna mano libre. En mi brazo izquierdo llevaba a mi pequeña, en mi mano derecha tenía mi barra de hierro.

«Durante un rato no oí más que el crujido de las ramas bajo mis pies, el débil susurro de la brisa en lo alto, mi propia respiración y el latido de los vasos sanguíneos en mis oídos. Luego me pareció percibir un golpeteo detrás de mí. Seguí avanzando con paso firme. El repiqueteo se hizo más claro, y entonces percibí el mismo sonido extraño y las mismas voces que había oído en el inframundo. Evidentemente, había varios Morlocks, y se estaban acercando a mí. En efecto, al cabo de un minuto sentí un tirón en mi abrigo y luego algo en mi brazo. Y Weena se estremeció violentamente y se quedó quieta.

«Era el momento para una cerilla. Pero para conseguirla debía bajar a Weena. Así lo hice y, mientras tanteaba el bolsillo, comenzó un forcejeo en la oscuridad alrededor de mis rodillas, perfectamente silencioso por parte de ella y con los mismos peculiares arrullos de los Morlocks. Unas manitas suaves también se deslizaban por mi abrigo y mi espalda, tocando incluso mi cuello. Entonces raspé la cerilla y ésta chisporroteó. La mantuve encendida y vi las blancas espaldas de los Morlocks huyendo entre los árboles. Me apresuré a sacar un trozo de alcanfor del bolsillo y me preparé para encenderlo en cuanto la cerilla se apagara. Enton-

feet and quite motionless, with her face to the ground. With a sudden fright I stooped to her. She seemed scarcely to breathe. I lit the block of camphor and flung it to the ground, and as it split and flared up and drove back the Morlocks and the shadows, I knelt down and lifted her. The wood behind seemed full of the stir and murmur of a great company!

«She seemed to have fainted. I put her carefully upon my shoulder and rose to push on, and then there came a horrible realisation. In manœuvring with my matches and Weena, I had turned myself about several times, and now I had not the faintest idea in what direction lay my path. For all I knew, I might be facing back towards the Palace of Green Porcelain. I found myself in a cold sweat. I had to think rapidly what to do. I determined to build a fire and encamp where we were. I put Weena, still motionless, down upon a turfy bole, and very hastily, as my first lump of camphor waned, I began collecting sticks and leaves. Here and there out of the darkness round me the Morlocks' eyes shone like carbuncles.

«The camphor flickered and went out. I lit a match, and as I did so, two white forms that had been approaching Weena dashed hastily away. One was so blinded by the light that he came straight for me, and I felt his bones grind under the blow of my fist. He gave a whoop of dismay, staggered a little way, and fell down. I lit another piece of camphor, and went on gathering my bonfire. Presently I noticed how dry was some of the foliage above me, for since my arrival on the Time Machine, a matter of a week, no rain had fallen. So, instead of casting about among the trees for fallen twigs, I began leaping up and dragging down branches. Very soon I had a choking smoky fire of green wood and dry sticks, and could economize my camphor. Then I turned to where Weena lay beside my iron mace. I tried what I could to revive her, but she lay like one dead. I could not even satisfy myself whether or not she breathed.

"Now, the smoke of the fire beat over towards me, and it must have made me heavy of a sudden. Moreover, the vapour of camphor was in the air. My fire would not need replenishing for an hour or so. I felt very weary after my exertion, and sat down. The wood, too, was full of a slumbrous murmur that I did not understand. I seemed just to

ces miré a Weena. Estaba aferrada a mis pies, inmóvil, con la cara en el suelo. Con un susto repentino me incliné hacia ella. Parecía que apenas respiraba. Encendí el bloque de alcanfor y lo arrojé al suelo, y mientras se partía y ardía y hacía retroceder a los Morlocks y a las sombras, me arrodillé y la levanté. ¡El bosque que había detrás parecía lleno de la agitación y se oía el murmullo de un gran grupo!

«Parecía haberse desmayado. La puse cuidadosamente sobre mi hombro y me levanté para seguir adelante, y entonces me di cuenta de algo horrible. Al maniobrar con mis cerillas y Weena, había dado varias cueltas sobre mí mismo, y ahora no tenía la menor idea de la dirección en que se encontraba mi camino. En mi desconocimiento, podía estar mirando hacia atrás, hacia el Palacio de la Porcelana Verde. Sentí un sudor frío. Tenía que pensar rápidamente qué hacer. Decidí encender una hoguera y acampar donde estábamos. Puse a Weena, todavía inmóvil, sobre un tronco de turba, y muy apresuradamente, mientras mi primer trozo de alcanfor se desvanecía, comencé a recoger palos y hojas. Aquí y allá, en la oscuridad que me rodeaba, los ojos de los Morlocks brillaban como carbuncos.

«El alcanfor parpadeó y se apagó. Encendí una cerilla y, al hacerlo, dos formas blancas que se habían acercado a Weena se alejaron apresuradamente. Una de ellas estaba tan cegada por la luz que vino directamente hacia mí, y sentí que sus huesos crujían bajo el golpe de mi puño. Dio un grito de consternación, se tambaleó un poco y cayó al suelo. Encendí otro trozo de alcanfor y seguí preparando mi hoguera. En ese momento me di cuenta de lo seco que estaba parte del follaje por encima de mí, pues desde mi llegada en la Máquina del Tiempo, hacía una semana, no había llovido. Así que, en lugar de buscar ramitas caídas entre los árboles, comencé a extender los brazos y arrastrar ramas. Muy pronto tuve un fuego ahogado de madera verde y palos secos, y pude economizar mi alcanfor. A continuación me volví hacia donde Weena yacía junto a mi maza de hierro. Intenté reanimarla como pude, pero yacía como si estuviera muerta. Ni siquiera pude comprobar si respiraba o no.

«Ahora, el humo del fuego golpeaba hacia mí, y debió de embotarme por un momento. Además, el vapor del alcanfor estaba en el aire. Mi fuego no necesitaría reabastecimiento hasta dentro de una hora más o menos. Me sentí muy cansado después de mi esfuerzo y me senté. En el bosque también se oía un murmullo lúgubre que no entendía. Me pa-

nod and open my eyes. But all was dark, and the Morlocks had their hands upon me. Flinging off their clinging fingers I hastily felt in my pocket for the match-box, and—it had gone! Then they gripped and closed with me again. In a moment I knew what had happened. I had slept, and my fire had gone out, and the bitterness of death came over my soul. The forest seemed full of the smell of burning wood. I was caught by the neck, by the hair, by the arms, and pulled down. It was indescribably horrible in the darkness to feel all these soft creatures heaped upon me. I felt as if I was in a monstrous spider's web. I was overpowered, and went down. I felt little teeth nipping at my neck. I rolled over, and as I did so my hand came against my iron lever. It gave me strength. I struggled up, shaking the human rats from me, and, holding the bar short, I thrust where I judged their faces might be. I could feel the succulent giving of flesh and bone under my blows, and for a moment I was free.

«The strange exultation that so often seems to accompany hard fighting came upon me. I knew that both I and Weena were lost, but I determined to make the Morlocks pay for their meat. I stood with my back to a tree, swinging the iron bar before me. The whole wood was full of the stir and cries of them. A minute passed. Their voices seemed to rise to a higher pitch of excitement, and their movements grew faster. Yet none came within reach. I stood glaring at the blackness. Then suddenly came hope. What if the Morlocks were afraid? And close on the heels of that came a strange thing. The darkness seemed to grow luminous. Very dimly I began to see the Morlocks about me— three battered at my feet—and then I recognized, with incredulous surprise, that the others were running, in an incessant stream, as it seemed, from behind me, and away through the wood in front. And their backs seemed no longer white, but reddish. As I stood agape, I saw a little red spark go drifting across a gap of starlight between the branches, and vanish. And at that I understood the smell of burning wood, the slumbrous murmur that was growing now into a gusty roar, the red glow, and the Morlocks' flight.

«Stepping out from behind my tree and looking back, I saw, through the black pillars of the nearer trees, the flames of the burning forest. It was my first fire coming after me. With that I looked for Weena, but

reció que sólo podía asentir y abrir los ojos. Pero todo estaba oscuro, y los Morlocks tenían sus manos sobre mí. Al zafarme de sus dedos, me apresuré a buscar la caja de cerillas en el bolsillo, y... ¡había desaparecido! Entonces me agarraron y me rodearon nuevamente. En un momento supe lo que había pasado. Me había dormido y mi fuego se había apagado, y la amargura de la muerte se apoderó de mi alma. El bosque parecía estar lleno de olor a madera quemada. Me cogieron por el cuello, por el pelo, por los brazos, y me tiraron hacia abajo. Era indescriptiblemente horrible, en la oscuridad, sentir a todas esas suaves criaturas amontonadas sobre mí. Me sentía como si estuviera en una monstruosa tela de araña. Fui dominado y caí. Sentí unos pequeños dientes que me mordían el cuello. Me di la vuelta, y al hacerlo mi mano se topó con mi palanca de hierro. Me dio fuerzas. Me levanté con dificultad, sacudiendo a las ratas humanas de mi lado y, empuñando la barra, arremetí donde juzgué que podrían estar sus caras. Pude sentir el suculento ceder de la carne y el hueso bajo mis golpes, y por un momento fui libre.

«La extraña euforia que tan a menudo parece acompañar a los combates encarnizados me invadió. Sabía que tanto yo como Weena estábamos perdidos, pero decidí hacer que los Morlocks pagaran por su carne. Me puse de espaldas a un árbol, balanceando la barra de hierro ante mí. Todo el bosque estaba lleno del revuelo y los gritos de ellos. Pasó un minuto. Sus voces parecían elevarse a un tono más alto de excitación, y sus movimientos se hacían más rápidos. Sin embargo, ninguno se acercó a mí. Me quedé mirando la oscuridad. Entonces, de repente, llegó la esperanza. ¿Y si los Morlocks tenían miedo? Y muy cerca de eso sucedió algo extraño. La oscuridad pareció disiparse. Comencé a ver muy débilmente a los Morlocks a mi alrededor —tres de ellos batidos a mis pies— y luego reconocí, con incrédula sorpresa, que los otros corrían, en una corriente incesante, tal como parecía, desde detrás de mí, y se alejaban hacia el bosque frente a mí. Y sus espaldas ya no parecían blancas, sino rojizas. Mientras me quedaba boquiabierto, vi que una pequeña chispa roja atravesaba un hueco de luz estelar entre las ramas y se desvanecía. Y en ese momento comprendí el olor a madera quemada, el murmullo que se convertía ahora en un rugido rabioso, el resplandor rojo y la huida de los Morlocks.

«Al salir de detrás de un árbol y mirar hacia atrás, vi, a través de los troncos negros de los árboles más cercanos, las llamas del bosque en llamas. Era el primer fuego que yo había hecho y venía tras de mí. Bus-

she was gone. The hissing and crackling behind me, the explosive
thud as each fresh tree burst into flame, left little time for reflection.
My iron bar still gripped, I followed in the Morlocks' path. It was a
close race. Once the flames crept forward so swiftly on my right as I
ran that I was outflanked and had to strike off to the left. But at last
I emerged upon a small open space, and as I did so, a Morlock came
blundering towards me, and past me, and went on straight into the
fire!

«And now I was to see the most weird and horrible thing, I think,
of all that I beheld in that future age. This whole space was as bright
as day with the reflection of the fire. In the centre was a hillock or
tumulus, surmounted by a scorched hawthorn. Beyond this was another arm of the burning forest, with yellow tongues already writhing
from it, completely encircling the space with a fence of fire. Upon the
hillside were some thirty or forty Morlocks, dazzled by the light and
heat, and blundering hither and thither against each other in their
bewilderment. At first I did not realize their blindness, and struck
furiously at them with my bar, in a frenzy of fear, as they approached
me, killing one and crippling several more. But when I had watched
the gestures of one of them groping under the hawthorn against the
red sky, and heard their moans, I was assured of their absolute hel-
plessness and misery in the glare, and I struck no more of them.

«Yet every now and then one would come straight towards me, setting loose a quivering horror that made me quick to elude him. At one
time the flames died down somewhat, and I feared the foul creatures
would presently be able to see me. I was thinking of beginning the
fight by killing some of them before this should happen; but the fire
burst out again brightly, and I stayed my hand. I walked about the hill
among them and avoided them, looking for some trace of Weena. But
Weena was gone.

«At last I sat down on the summit of the hillock, and watched this
strange incredible company of blind things groping to and fro, and
making uncanny noises to each other, as the glare of the fire beat
on them. The coiling uprush of smoke streamed across the sky, and
through the rare tatters of that red canopy, remote as though they be-
longed to another universe, shone the little stars. Two or three Mor-

qué a Weena, pero ya no estaba. El siseo y el crepitar detrás de mí, el estruendo explosivo de cada nuevo árbol que estallaba en llamas, dejaban poco tiempo para la reflexión. Con mi barra de hierro aún agarrada, seguí el camino de los Morlocks. Fue una carrera muy reñida. En una ocasión, las llamas avanzaron tan rápidamente por mi derecha mientras yo corría, que me vi flanqueado y tuve que desviarme hacia la izquierda. Pero por fin llegué a un pequeño espacio abierto, y cuando lo hice, un Morlock se acercó a mí y me sobrepasó, ¡y siguió directamente hacia el fuego!

«Y ahora iba a ver la cosa más extraña y horrible, creo, de todas las que contemplé en aquella época futura. Todo este espacio estaba tan brillante como el día con el reflejo del fuego. En el centro había un montículo o túmulo, coronado por un espino quemado. Más allá había otro brazo del bosque en llamas, del que ya se retorcían lenguas amarillas, rodeando completamente el espacio con un cerco de fuego. En la ladera de la colina había unos treinta o cuarenta Morlocks, deslumbrados por la luz y el calor, que iban de un lado a otro en su desconcierto. Al principio no me di cuenta de su ceguera, y les golpeé furiosamente con mi barra, en un frenesí de miedo, mientras se acercaban a mí, matando a uno y mutilando a varios más. Pero cuando observé los gestos de uno de ellos que se movía a tientas bajo el espino contra el cielo rojo, y oí sus gemidos, me aseguré de su absoluta impotencia y miseria en el resplandor, y no les golpeé más.

«Sin embargo, de vez en cuando uno venía directamente hacia mí, desatando un horror tembloroso que me hacía apresurarme a eludirlo. En un momento dado las llamas se apagaron un poco, y temí que las asquerosas criaturas pudieran verme en ese momento. Pensaba comenzar la lucha matando a algunos de ellos antes de que esto sucediera; pero el fuego volvió a estallar con fuerza, y me detuve. Caminé por la colina entre ellos y los evité, buscando algún rastro de Weena. Pero Weena había desaparecido.

«Por fin me senté en la cima de la colina y observé a esta extraña e increíble compañía de seres ciegos que iban de un lado a otro y hacían ruidos extraños entre sí, mientras el resplandor del fuego los golpeaba. La espiral de humo se extendía por el cielo, y a través de los raros jirones de aquel dosel rojo, remotos como si pertenecieran a otro universo, brillaban las pequeñas estrellas. Dos o tres Morlocks se acercaron a mí,

locks came blundering into me, and I drove them off with blows of my fists, trembling as I did so.

«For the most part of that night I was persuaded it was a nightmare. I bit myself and screamed in a passionate desire to awake. I beat the ground with my hands, and got up and sat down again, and wandered here and there, and again sat down. Then I would fall to rubbing my eyes and calling upon God to let me awake. Thrice I saw Morlocks put their heads down in a kind of agony and rush into the flames. But, at last, above the subsiding red of the fire, above the streaming masses of black smoke and the whitening and blackening tree stumps, and the diminishing numbers of these dim creatures, came the white light of the day.

«I searched again for traces of Weena, but there were none. It was plain that they had left her poor little body in the forest. I cannot describe how it relieved me to think that it had escaped the awful fate to which it seemed destined. As I thought of that, I was almost moved to begin a massacre of the helpless abominations about me, but I contained myself. The hillock, as I have said, was a kind of island in the forest. From its summit I could now make out through a haze of smoke the Palace of Green Porcelain, and from that I could get my bearings for the White Sphinx. And so, leaving the remnant of these damned souls still going hither and thither and moaning, as the day grew clearer, I tied some grass about my feet and limped on across smoking ashes and among black stems that still pulsated internally with fire, towards the hiding-place of the Time Machine. I walked slowly, for I was almost exhausted, as well as lame, and I felt the intensest wretchedness for the horrible death of little Weena. It seemed an overwhelming calamity. Now, in this old familiar room, it is more like the sorrow of a dream than an actual loss. But that morning it left me absolutely lonely again—terribly alone. I began to think of this house of mine, of this fireside, of some of you, and with such thoughts came a longing that was pain.

«But, as I walked over the smoking ashes under the bright morning sky, I made a discovery. In my trouser pocket were still some loose matches. The box must have leaked before it was lost.

y los ahuyenté con golpes de puño, temblando al hacerlo.

«Durante la mayor parte de esa noche estuve convencido de que era una pesadilla. Me abofeteaba y grité con el deseo apasionado de despertarme. Golpeaba el suelo con las manos, me levantaba y volvía a sentarme, y vagaba por aquí y por allá, y de nuevo me sentaba. Luego caía en la tentación de frotarme los ojos e invocar a Dios para que me dejara despertar. Tres veces vi a los Morlocks bajar la cabeza en una especie de agonía y precipitarse a las llamas. Pero, por fin, por encima del rojo del fuego, por encima de las masas de humo negro y de los troncos de los árboles que se blanqueaban y ennegrecían, y del número cada vez menor de estas tenues criaturas, llegó la luz blanca del día.

«Busqué de nuevo rastros de Weena, pero no había ninguno. Estaba claro que habían dejado su pobre cuerpecito en el bosque. No puedo describir cómo me alivió pensar que había escapado del horrible destino al que parecía estar destinado. Al pensar en ello, casi me sentí impulsado a comenzar una masacre de las indefensas abominaciones que me rodeaban, pero me contuve. La colina, como he dicho, era una especie de isla en el bosque. Desde su cima podía distinguir ahora, a través de una neblina de humo, el Palacio de la Porcelana Verde, y desde allí podía orientarme hacia la Esfinge Blanca. Y así, dejando el remanente de estas almas condenadas que aún iban de aquí para allá y gemían, a medida que el día se aclaraba, me até un poco de hierba a los pies y seguí cojeando a través de las cenizas humeantes y entre los tallos negros que aún latían internamente con fuego, hacia el escondite de la Máquina del Tiempo. Caminé lentamente, pues estaba casi agotado, además de cojo, y sentí la más intensa desdicha por la horrible muerte de la pequeña Weena. Parecía una calamidad abrumadora. Ahora, en esta vieja habitación familiar, se parece más a la pena de un sueño que a una pérdida real. Pero esa mañana me sentí absolutamente solo otra vez… terriblemente solo. Empecé a pensar en esta casa mía, en esta chimenea, en algunos de ustedes, y con tales pensamientos llegó una añoranza que se convirtió en dolor.

«Pero, mientras caminaba sobre las humeantes cenizas bajo el brillante cielo de la mañana, hice un descubrimiento. En el bolsillo de mi pantalón había todavía algunas cerillas sueltas. Seguramente se deslizaron de la caja antes que ésta se perdiera.

XIII — THE TRAP OF THE WHITE SPHINX

«About eight or nine in the morning I came to the same seat of yellow metal from which I had viewed the world upon the evening of my arrival. I thought of my hasty conclusions upon that evening and could not refrain from laughing bitterly at my confidence. Here was the same beautiful scene, the same abundant foliage, the same splendid palaces and magnificent ruins, the same silver river running between its fertile banks. The gay robes of the beautiful people moved hither and thither among the trees. Some were bathing in exactly the place where I had saved Weena, and that suddenly gave me a keen stab of pain. And like blots upon the landscape rose the cupolas above the ways to the Underworld. I understood now what all the beauty of the Overworld people covered. Very pleasant was their day, as pleasant as the day of the cattle in the field. Like the cattle, they knew of no enemies and provided against no needs. And their end was the same.

«I grieved to think how brief the dream of the human intellect had been. It had committed suicide. It had set itself steadfastly towards comfort and ease, a balanced society with security and permanency as its watchword, it had attained its hopes—to come to this at last. Once, life and property must have reached almost absolute safety. The rich had been assured of his wealth and comfort, the toiler assured of his life and work. No doubt in that perfect world there had been no unemployed problem, no social question left unsolved. And a great quiet had followed.

«It is a law of nature we overlook, that intellectual versatility is the compensation for change, danger, and trouble. An animal perfectly in harmony with its environment is a perfect mechanism. Nature never appeals to intelligence until habit and instinct are useless. There is no intelligence where there is no change and no need of change. Only those animals partake of intelligence that have to meet a huge variety of needs and dangers.

«So, as I see it, the upper-world man had drifted towards his feeble prettiness, and the under-world to mere mechanical industry. But that perfect state had lacked one thing even for mechanical perfec-

«Hacia las ocho o nueve de la mañana llegué al mismo banco de metal amarillo desde el que había contemplado el mundo la tarde de mi llegada. Pensé en mis precipitadas conclusiones de aquella noche y no pude evitar reírme amargamente de mi confianza. Aquí estaba la misma hermosa escena, el mismo abundante follaje, los mismos espléndidos palacios y magníficas ruinas, el mismo río de plata corriendo entre sus fértiles orillas. Las alegres vestimentas de la hermosa gente se movían de un lado a otro entre los árboles. Algunos se bañaban exactamente en el lugar donde yo había salvado a Weena, y eso me produjo de repente una aguda punzada de dolor. Y, como manchas en el paisaje, se alzaban las cúpulas sobre los caminos del Inframundo. Ahora comprendía todo lo que cubría la belleza de los habitantes del Ultramundo. Su día era muy agradable, tan agradable como el día del ganado en el campo. Al igual que el ganado, no conocían enemigos y no tenían necesidades. Y su fin era el mismo.

«Me apenaba pensar en lo breve que había sido el sueño del intelecto humano. Había cometido suicidio. Se había orientado firmemente hacia la comodidad y la facilidad; una sociedad equilibrada con seguridad y permanencia como consigna había alcanzado sus esperanzas... para llegar a esto finalmente. Antes de eso, la vida y la propiedad debían haber alcanzado una seguridad casi absoluta. El rico tenía asegurada su riqueza y su comodidad, el trabajador tenía asegurada su vida y su trabajo. Sin duda, en ese mundo perfecto no había habido ningún problema de desempleo, ninguna cuestión social sin resolver. Y una gran tranquilidad había venido a continuación.

«Es una ley de la naturaleza que pasamos por alto, que la versatilidad intelectual es la compensación por el cambio, el peligro y los problemas. Un animal en perfecta armonía con su entorno es un mecanismo perfecto. La naturaleza nunca apela a la inteligencia hasta que el hábito y el instinto son inútiles. No hay inteligencia donde no hay cambio ni necesidad de cambio. Sólo tienen inteligencia los animales que tienen que satisfacer una gran variedad de necesidades y peligros.

«Así que, tal y como yo lo veo, el hombre del Mundo Superior había derivado hacia su débil belleza, y el del Inframundo hacia la mera industria mecánica. Pero a ese estado perfecto le había faltado incluso algo

tion—absolute permanency. Apparently as time went on, the feeding of an under-world, however it was effected, had become disjointed. Mother Necessity, who had been staved off for a few thousand years, came back again, and she began below. The under-world being in contact with machinery, which, however perfect, still needs some little thought outside habit, had probably retained perforce rather more initiative, if less of every other human character, than the Upper. And when other meat failed them, they turned to what old habit had hitherto forbidden. So I say I saw it in my last view of the world of Eight Hundred and Two Thousand Seven Hundred and One. It may be as wrong an explanation as mortal wit could invent. It is how the thing shaped itself to me, and as that I give it to you.

«After the fatigues, excitements, and terrors of the past days, and in spite of my grief, this seat and the tranquil view and the warm sunlight were very pleasant. I was very tired and sleepy, and soon my theorizing passed into dozing. Catching myself at that, I took my own hint, and spreading myself out upon the turf I had a long and refreshing sleep.

«I awoke a little before sunsetting. I now felt safe against being caught napping by the Morlocks, and, stretching myself, I came on down the hill towards the White Sphinx. I had my crowbar in one hand, and the other hand played with the matches in my pocket.

«And now came a most unexpected thing. As I approached the pedestal of the sphinx I found the bronze valves were open. They had slid down into grooves.

«At that I stopped short before them, hesitating to enter.

«Within was a small apartment, and on a raised place in the corner of this was the Time Machine. I had the small levers in my pocket. So here, after all my elaborate preparations for the siege of the White Sphinx, was a meek surrender. I threw my iron bar away, almost sorry not to use it.

«A sudden thought came into my head as I stooped towards the

para la perfección mecánica: la permanencia absoluta. Al parecer, con el paso del tiempo, el sistema alimentario del Inframundo, fuera como fuera, se había desarticulado. La Madre Necesidad, que había sido aplazada durante algunos miles de años, regresó de nuevo, y comenzó por abajo. El Inframundo, al estar en contacto con una maquinaria que, por muy perfecta que sea, sigue necesitando un poco de pensamiento fuera del hábito, probablemente había conservado forzosamente bastante más iniciativa, aunque menos de cualquier otro carácter humano, que el Mundo Superior. Y cuando otras carnes les faltaron, recurrieron a lo que la vieja costumbre les había prohibido hasta entonces. Así lo vi yo en mi última visión del mundo de Ochocientos y Dos Mil Setecientos Uno. Puede ser una explicación tan errónea como el ingenio mortal podría inventar. Es la forma en que la cosa se me presentó, y como tal se la entrego a ustedes.

«Después de las fatigas, excitaciones y terrores de los últimos días, y a pesar de mi dolor, este sitio y la tranquila vista y la cálida luz del sol eran muy agradables. Estaba muy cansado y somnoliento, y pronto mi teorización se convirtió en adormecimiento. Al darme cuenta de ello, seguí mi propia sugerencia, y extendiéndome sobre el césped tuve un sueño largo y reparador.

«Me desperté un poco antes de la puesta de sol. Ahora me sentía seguro de no ser sorprendido por los Morlocks mientras dormía, y, estirándome, bajé la colina hacia la Esfinge Blanca. Tenía la palanca en una mano y la otra jugaba con las cerillas en el bolsillo.

«Y entonces ocurrió lo más inesperado. Al acercarme al pedestal de la esfinge me encontré con que las puertas de bronce estaban abiertas. Se habían deslizado hacia abajo, por las ranuras.

«Ante eso me detuve en seco, dudando en entrar.

«Dentro había un pequeño apartamento, y en un lugar elevado en la esquina de éste estaba la Máquina del Tiempo. Yo tenía las pequeñas palancas en mi bolsillo. Así que aquí, después de todos mis elaborados preparativos para el asedio de la Esfinge Blanca, había una mansa rendición. Tiré mi barra de hierro, casi arrepentido de no haberla usado.

«Un pensamiento repentino me vino a la cabeza mientras me incli-

portal. For once, at least, I grasped the mental operations of the Morlocks. Suppressing a strong inclination to laugh, I stepped through the bronze frame and up to the Time Machine. I was surprised to find it had been carefully oiled and cleaned. I have suspected since that the Morlocks had even partially taken it to pieces while trying in their dim way to grasp its purpose.

«Now as I stood and examined it, finding a pleasure in the mere touch of the contrivance, the thing I had expected happened. The bronze panels suddenly slid up and struck the frame with a clang. I was in the dark—trapped. So the Morlocks thought. At that I chuckled gleefully.

«I could already hear their murmuring laughter as they came towards me. Very calmly I tried to strike the match. I had only to fix on the levers and depart then like a ghost. But I had overlooked one little thing. The matches were of that abominable kind that light only on the box.

«You may imagine how all my calm vanished. The little brutes were close upon me. One touched me. I made a sweeping blow in the dark at them with the levers, and began to scramble into the saddle of the machine. Then came one hand upon me and then another. Then I had simply to fight against their persistent fingers for my levers, and at the same time feel for the studs over which these fitted. One, indeed, they almost got away from me. As it slipped from my hand, I had to butt in the dark with my head—I could hear the Morlock's skull ring—to recover it. It was a nearer thing than the fight in the forest, I think, this last scramble.

«But at last the lever was fixed and pulled over. The clinging hands slipped from me. The darkness presently fell from my eyes. I found myself in the same grey light and tumult I have already described.

naba hacia el portal. Por una vez, al menos, comprendí las operaciones mentales de los Morlocks. Reprimiendo una fuerte inclinación a reír, atravesé el marco de bronce y me acerqué a la Máquina del Tiempo. Me sorprendió ver que había sido cuidadosamente aceitada y limpiada. Desde entonces, sospeché que los Morlocks la habían desmontado en parte, cuando intentaban, a su manera, comprender su propósito.

«Ahora, cuando me quedé examinándolo, encontrando un placer en el mero tacto del artilugio, sucedió lo que había esperado. Los paneles de bronce se deslizaron repentinamente hacia arriba y golpearon el marco con un estruendo. Me encontraba en la oscuridad, atrapado. Eso pensaron los Morlocks. Al pensar en eso, me reí entre dientes.

«Ya podía oír sus risas murmurantes mientras se acercaban a mí. Con mucha calma intenté encender la cerilla. Sólo tenía que fijar las palancas y partir entonces como un fantasma. Pero había pasado por alto una pequeña cosa. Las cerillas eran de esas que se encienden sólo en la caja.

«Pueden imaginarse cómo se desvaneció toda mi calma. Los pequeños brutos estaban cerca de mí. Uno me tocó. Les di un golpe en la oscuridad, sacudiéndome con las palancas y comencé a subirme al asiento de la máquina. Una mano me tocó y luego otra. A continuación sólo tuve que luchar contra sus persistentes dedos para sujetar las palancas y, al mismo tiempo, buscar los pernos en los que éstas encajaban. Una, en efecto, casi se me escapa. Cuando se me resbaló de la mano, tuve que dar un golpe en la oscuridad con la cabeza —podía oír cómo sonaba el cráneo de un Morlock— para recuperarla. Fue algo más cercano que la pelea en el bosque, creo, este último forcejeo.

«Pero al final la palanca se fijó y la empujé. Las manos que se aferraban a mí se soltaron. La oscuridad desapareció de mis ojos. Me encontré con la misma luz gris y el mismo tumulto que ya he descrito.

«I have already told you of the sickness and confusion that comes with time travelling. And this time I was not seated properly in the saddle, but sideways and in an unstable fashion. For an indefinite time I clung to the machine as it swayed and vibrated, quite unheeding how I went, and when I brought myself to look at the dials again I was amazed to find where I had arrived. One dial records days, and another thousands of days, another millions of days, and another thousands of millions. Now, instead of reversing the levers, I had pulled them over so as to go forward with them, and when I came to look at these indicators I found that the thousands hand was sweeping round as fast as the seconds hand of a watch—into futurity.

«As I drove on, a peculiar change crept over the appearance of things. The palpitating greyness grew darker; then—though I was still travelling with prodigious velocity—the blinking succession of day and night, which was usually indicative of a slower pace, returned, and grew more and more marked. This puzzled me very much at first. The alternations of night and day grew slower and slower, and so did the passage of the sun across the sky, until they seemed to stretch through centuries. At last a steady twilight brooded over the earth, a twilight only broken now and then when a comet glared across the darkling sky. The band of light that had indicated the sun had long since disappeared; for the sun had ceased to set—it simply rose and fell in the west, and grew ever broader and more red. All trace of the moon had vanished. The circling of the stars, growing slower and slower, had given place to creeping points of light. At last, some time before I stopped, the sun, red and very large, halted motionless upon the horizon, a vast dome glowing with a dull heat, and now and then suffering a momentary extinction. At one time it had for a little while glowed more brilliantly again, but it speedily reverted to its sullen red heat. I perceived by this slowing down of its rising and setting that the work of the tidal drag was done. The earth had come to rest with one face to the sun, even as in our own time the moon faces the earth. Very cautiously, for I remembered my former headlong fall, I began to reverse my motion. Slower and slower went the circling hands until the thousands one seemed motionless and the daily one was no longer a mere mist upon its scale. Still slower, until the dim outlines of a desolate beach grew visible.

«Ya les he hablado del malestar y la confusión que conllevan los viajes en el tiempo. Y esta vez no estaba bien sentado en el asiento, sino de lado y de forma inestable. Durante un tiempo indefinido me aferré a la máquina mientras se balanceaba y vibraba, sin prestar atención a cómo iba, y cuando volví a mirar los diales me sorprendí al ver a dónde había llegado. Un dial registra los días, y otro los miles de días, otro los millones de días, y otro los miles de millones. Ahora bien, en lugar de invertir las palancas, las había tirado en dirección de avance y cuando llegué a mirar estos indicadores encontré que la aguja de los miles daba vueltas tan rápido como el segundero de un reloj... hacia el futuro.

«A medida que avanzaba, se podía ver un cambio peculiar sobre la apariencia de las cosas. La grisura palpitante se hizo más oscura; a continuación —aunque seguía viajando a una velocidad prodigiosa— la sucesión de parpadeos del día y la noche, que solía ser el indicador de un ritmo más lento, regresó, y se hizo más y más marcada. Esto me desconcertó mucho al principio. Las alternancias de la noche y el día se hacían cada vez más lentas, al igual que el paso del sol por el cielo, hasta que parecían prolongarse durante siglos. Por fin, un crepúsculo constante se cernía sobre la tierra, un crepúsculo que sólo se interrumpía de vez en cuando cuando un cometa atravesaba el cielo oscuro. La franja de luz que indicaba el sol hacía tiempo que había desaparecido, pues el sol había dejado de ponerse; simplemente salía y se ponía por el oeste, y se hacía cada vez más ancho y rojo. Todo rastro de la luna se había desvanecido. El círculo de las estrellas, cada vez más lento, había dado paso a puntos de luz que se arrastraban. Por fin, algún tiempo antes de que me detuviera, el sol, rojo y muy grande, se detuvo inmóvil sobre el horizonte, una vasta cúpula que brillaba con un calor apagado, y que de vez en cuando sufría una extinción momentánea. En un momento dado había vuelto a brillar con más intensidad, pero rápidamente volvía a su hosco calor rojo. Percibí por esta ralentización de su subida y bajada que el trabajo de la marea había terminado. La tierra se había posado con una cara hacia el sol, igual que en nuestra época la luna se enfrenta a la Tierra. Con mucha cautela, pues recordaba mi anterior caída estrepitosa, comencé a invertir mi movimiento. Más y más despacio iban las agujas que daban vueltas, hasta que el millar parecía inmóvil y el indicador diario ya no era una mera niebla en su escala. Aún más lento, hasta que

«I stopped very gently and sat upon the Time Machine, looking round. The sky was no longer blue. North-eastward it was inky black, and out of the blackness shone brightly and steadily the pale white stars. Overhead it was a deep Indian red and starless, and south-eastward it grew brighter to a glowing scarlet where, cut by the horizon, lay the huge hull of the sun, red and motionless. The rocks about me were of a harsh reddish colour, and all the trace of life that I could see at first was the intensely green vegetation that covered every projecting point on their south-eastern face. It was the same rich green that one sees on forest moss or on the lichen in caves: plants which like these grow in a perpetual twilight.

«The machine was standing on a sloping beach. The sea stretched away to the south-west, to rise into a sharp bright horizon against the wan sky. There were no breakers and no waves, for not a breath of wind was stirring. Only a slight oily swell rose and fell like a gentle breathing, and showed that the eternal sea was still moving and living. And along the margin where the water sometimes broke was a thick incrustation of salt—pink under the lurid sky. There was a sense of oppression in my head, and I noticed that I was breathing very fast. The sensation reminded me of my only experience of mountaineering, and from that I judged the air to be more rarefied than it is now.

«Far away up the desolate slope I heard a harsh scream, and saw a thing like a huge white butterfly go slanting and fluttering up into the sky and, circling, disappear over some low hillocks beyond. The sound of its voice was so dismal that I shivered and seated myself more firmly upon the machine. Looking round me again, I saw that, quite near, what I had taken to be a reddish mass of rock was moving slowly towards me. Then I saw the thing was really a monstrous crab-like creature. Can you imagine a crab as large as yonder table, with its many legs moving slowly and uncertainly, its big claws swaying, its long antennæ, like carters' whips, waving and feeling, and its stalked eyes gleaming at you on either side of its metallic front? Its back was corrugated and ornamented with ungainly bosses, and a greenish incrustation blotched it here and there. I could see the many palps of its complicated mouth flickering and feeling as it moved.

los tenues contornos de una playa desolada se hicieron visibles.

«Me detuve muy suavemente y me senté en la Máquina del Tiempo, mirando a mi alrededor. El cielo ya no era azul. Hacia el noreste era negro como la tinta, y en la negrura brillaban con fuerza y constancia las pálidas estrellas blancas. Por encima era de un rojo indio intenso y sin estrellas, y hacia el sureste se hacía más brillante hasta llegar a un escarlata brillante donde, cortado por el horizonte, se encontraba el enorme casco del sol, rojo e inmóvil. Las rocas que me rodeaban eran de un duro color rojizo, y todo el rastro de vida que pude ver en un principio era la vegetación intensamente verde que cubría cada punto saliente de su cara sureste. Era el mismo verde intenso que se ve en el musgo de los bosques o en los líquenes de las cuevas: plantas que, como éstas, crecen en un crepúsculo perpetuo.

«La máquina se encontraba en una playa inclinada. El mar se extendía hacia el suroeste, hasta convertirse en un horizonte nítido y brillante contra el cielo pálido. No había rompientes ni olas, pues no había un soplo de viento. Sólo un ligero oleaje aceitoso subía y bajaba como una suave respiración, y mostraba que el eterno mar seguía moviéndose y viviendo. Y a lo largo de la orilla, donde el agua rompía a veces, había una gruesa incrustación de sal... rosada bajo el cielo escabroso. Yo tenía una sensación de opresión en la cabeza y noté que respiraba muy rápidamente. La sensación me recordaba a mi única experiencia de montañismo, y por ello juzgué que el aire estaba más enrarecido que ahora.

«A lo lejos, en la desolada ladera, oí un duro grito y vi una cosa parecida a una enorme mariposa blanca que se deslizaba y revoloteaba hacia el cielo y, dando vueltas, desaparecía por encima de unas bajas colinas, más allá. El sonido de su voz era tan lúgubre que me estremecí y me senté más firmemente sobre la máquina. Mirando de nuevo a mi alrededor, vi que, muy cerca, lo que yo había tomado por una masa rojiza de roca se movía lentamente hacia mí. En ese momento vi que la cosa era en realidad una monstruosa criatura parecida a un cangrejo. ¿Se imaginan un cangrejo tan grande como aquella mesa, con sus numerosas patas moviéndose, lento e inseguro, sus grandes pinzas balanceándose, sus largas antenas, como látigos de carretero, agitándose y palpando, y sus ojos pedunculados mirándoles a ambos lados de su frente metálica? Su espalda era ondulada y estaba ornamentada con protuberancias desgarbadas, y una incrustación verdosa la manchaba aquí y allá. Podía

«As I stared at this sinister apparition crawling towards me, I felt a tickling on my cheek as though a fly had lighted there. I tried to brush it away with my hand, but in a moment it returned, and almost immediately came another by my ear. I struck at this, and caught something threadlike. It was drawn swiftly out of my hand. With a frightful qualm, I turned, and I saw that I had grasped the antenna of another monster crab that stood just behind me. Its evil eyes were wriggling on their stalks, its mouth was all alive with appetite, and its vast ungainly claws, smeared with an algal slime, were descending upon me. In a moment my hand was on the lever, and I had placed a month between myself and these monsters. But I was still on the same beach, and I saw them distinctly now as soon as I stopped. Dozens of them seemed to be crawling here and there, in the sombre light, among the foliated sheets of intense green.

"I cannot convey the sense of abominable desolation that hung over the world. The red eastern sky, the northward blackness, the salt Dead Sea, the stony beach crawling with these foul, slow-stirring monsters, the uniform poisonous-looking green of the lichenous plants, the thin air that hurts one's lungs: all contributed to an appalling effect. I moved on a hundred years, and there was the same red sun—a little larger, a little duller—the same dying sea, the same chill air, and the same crowd of earthy crustacea creeping in and out among the green weed and the red rocks. And in the westward sky, I saw a curved pale line like a vast new moon.

«So I travelled, stopping ever and again, in great strides of a thousand years or more, drawn on by the mystery of the earth's fate, watching with a strange fascination the sun grow larger and duller in the westward sky, and the life of the old earth ebb away. At last, more than thirty million years hence, the huge red-hot dome of the sun had come to obscure nearly a tenth part of the darkling heavens. Then I stopped once more, for the crawling multitude of crabs had disappeared, and the red beach, save for its livid green liverworts and lichens, seemed lifeless. And now it was flecked with white. A bitter cold assailed me. Rare white flakes ever and again came eddying down. To the north-eastward, the glare of snow lay under the star-

ver los numerosos palpos de su complicada boca parpadeando y palpando mientras se movía.

«Mientras miraba esta siniestra aparición que se arrastraba hacia mí, sentí un cosquilleo en mi mejilla, como si una mosca se hubiera posado allí. Intenté apartarla con la mano, pero en un momento la sensación volvió, y casi inmediatamente vino otra, junto a mi oreja. Golpeé mi oreja y atrapé algo parecido a un hilo. Me lo quitaron rápidamente de la mano. Con un espantoso escalofrío, me volví y vi que había agarrado la antena de otro cangrejo monstruoso que estaba justo detrás de mí. Sus ojos malignos se retorcían en sus tallos, su boca estaba llena de apetito, y sus enormes y desgarbadas garras, untadas con una baba de algas, descendían sobre mí. Al momento siguiente mi mano estaba sobre la palanca, y había colocado un mes entre yo y estos monstruos. Pero seguía en la misma playa, y ahora los veía claramente al detenerme. Docenas de ellos parecían arrastrarse aquí y allá, en la sombría luz, entre las foliadas hojas de un verde intenso.

«No puedo transmitir la sensación de abominable desolación que se cernía sobre el mundo. El cielo rojo del este, la negrura hacia el norte, el salado Mar Muerto, la playa pedregosa llena de esos monstruos asquerosos que se agitan lentamente, el verde uniforme de aspecto venenoso de los líquenes, el aire delgado que lastima los pulmones: todo contribuía a un efecto espantoso. Avancé cien años, y allí estaba el mismo sol rojo —un poco más grande, un poco más apagado—, el mismo mar moribundo, el mismo aire frío, y la misma multitud de crustáceos terrestres entrando y saliendo entre la hierba verde y las rocas rojas. Y en el cielo del oeste, vi una línea curva y pálida como una vasta luna nueva.

«Así viajé, deteniéndome una y otra vez, a grandes zancadas de mil años o más, atraído por el misterio del destino de la tierra, viendo con una extraña fascinación cómo el sol se volvía más grande y más apagado en el cielo del oeste, y cómo la vida de la vieja tierra se desvanecía. Por fin, después de más de treinta millones de años, la enorme cúpula al rojo vivo que era el sol había llegado a ocupar casi una décima parte de los ennegrecidos cielos. Entonces me detuve una vez más, pues la multitud de cangrejos que se arrastraba había desaparecido, y la playa roja, salvo por sus musgos y líquenes verdes, parecía sin vida. Ahora estaba salpicada de blanco. Me asaltó un frío penetrante. Raros copos blancos descendían una y otra vez. Hacia el noreste, el resplandor de la nieve se

light of the sable sky, and I could see an undulating crest of hillocks pinkish-white. There were fringes of ice along the sea margin, with drifting masses farther out; but the main expanse of that salt ocean, all bloody under the eternal sunset, was still unfrozen.

«I looked about me to see if any traces of animal life remained. A certain indefinable apprehension still kept me in the saddle of the machine. But I saw nothing moving, in earth or sky or sea. The green slime on the rocks alone testified that life was not extinct. A shallow sandbank had appeared in the sea and the water had receded from the beach. I fancied I saw some black object flopping about upon this bank, but it became motionless as I looked at it, and I judged that my eye had been deceived, and that the black object was merely a rock. The stars in the sky were intensely bright and seemed to me to twinkle very little.

«Suddenly I noticed that the circular westward outline of the sun had changed; that a concavity, a bay, had appeared in the curve. I saw this grow larger. For a minute perhaps I stared aghast at this blackness that was creeping over the day, and then I realized that an eclipse was beginning. Either the moon or the planet Mercury was passing across the sun's disk. Naturally, at first I took it to be the moon, but there is much to incline me to believe that what I really saw was the transit of an inner planet passing very near to the earth.

«The darkness grew apace; a cold wind began to blow in freshening gusts from the east, and the showering white flakes in the air increased in number. From the edge of the sea came a ripple and whisper. Beyond these lifeless sounds the world was silent. Silent? It would be hard to convey the stillness of it. All the sounds of man, the bleating of sheep, the cries of birds, the hum of insects, the stir that makes the background of our lives—all that was over. As the darkness thickened, the eddying flakes grew more abundant, dancing before my eyes; and the cold of the air more intense. At last, one by one, swiftly, one after the other, the white peaks of the distant hills vanished into blackness. The breeze rose to a moaning wind. I saw the black central shadow of the eclipse sweeping towards me. In another moment the pale stars alone were visible. All else was rayless obscu-

extendía bajo la luz de las estrellas del cielo azabache, y pude ver una cresta ondulada de colinas de color blanco rosado. Había franjas de hielo a lo largo del margen del mar, con icebergs a la deriva, más allá; pero la extensión principal de aquel océano salado, toda ella ensangrentada bajo el eterno atardecer, seguía sin congelarse.

«Miré a mi alrededor para ver si quedaba algún rastro de vida animal. Una cierta aprensión indefinible me mantenía todavía en el asiento de la máquina. Pero no vi nada que se moviera, ni en la tierra ni en el cielo ni en el mar. Sólo el limo verde de las rocas atestiguaba que la vida no se había extinguido. Un banco de arena poco profundo había aparecido en el mar y el agua se había retirado de la playa. Me pareció ver un objeto negro flotando sobre la orilla, pero se quedó inmóvil mientras lo miraba, y juzgué que mi ojo había sido engañado y que el objeto negro era simplemente una roca. Las estrellas del cielo eran intensamente brillantes y me pareció que titilaban muy poco.

«De repente me di cuenta de que el contorno circular del sol hacia el oeste había cambiado; que había aparecido una concavidad, una bahía, en la curva. Vi que se agrandaba. Durante un minuto me quedé mirando atónito esta negrura que se arrastraba sobre el día, y entonces me di cuenta de que estaba comenzando un eclipse. La luna o el planeta Mercurio atravesaban el disco solar. Naturalmente, al principio creí que se trataba de la Luna, pero hay mucho que me inclina a creer que lo que realmente vi fue el tránsito de un planeta interior que pasaba muy cerca de la Tierra.

«La oscuridad crecía rápidamente; un viento frío comenzó a soplar con ráfagas frescas desde el este, y la lluvia de copos blancos en el aire aumentó en número. Desde la orilla del mar llegaban olas y susurros. Más allá de estos sonidos sin vida, el mundo estaba en silencio. ¿En silencio? Sería difícil transmitir su quietud. Todos los sonidos del hombre, el balido de las ovejas, los gritos de los pájaros, el zumbido de los insectos, el revuelo que constituye el trasfondo de nuestras vidas... todo eso había terminado. A medida que la oscuridad se hacía más densa, los copos que se arremolinaban danzaban ante mis ojos, y el frío del aire era más intenso. Por fin, uno a uno, rápidamente, uno tras otro, los blancos picos de las lejanas colinas se desvanecieron en la oscuridad. La brisa se elevó hasta convertirse en un viento quejumbroso. Vi la negra sombra central del eclipse barriendo hacia mí. Al momento siguiente sólo eran

rity. The sky was absolutely black.

"A horror of this great darkness came on me. The cold, that smote to my marrow, and the pain I felt in breathing, overcame me. I shivered, and a deadly nausea seized me. Then like a red-hot bow in the sky appeared the edge of the sun. I got off the machine to recover myself. I felt giddy and incapable of facing the return journey. As I stood sick and confused I saw again the moving thing upon the shoal—there was no mistake now that it was a moving thing—against the red water of the sea. It was a round thing, the size of a football perhaps, or, it may be, bigger, and tentacles trailed down from it; it seemed black against the weltering blood-red water, and it was hopping fitfully about. Then I felt I was fainting. But a terrible dread of lying helpless in that remote and awful twilight sustained me while I clambered upon the saddle.

visibles las pálidas estrellas. Todo lo demás era una oscuridad sin rayos. El cielo estaba absolutamente negro.

«Un horror de esta gran oscuridad se apoderó de mí. El frío, que me llegaba hasta el tuétano, y el dolor que sentía al respirar, se apoderaron de mí. Me estremecí y una náusea mortal me dominó. Entonces, como un arco al rojo vivo en el cielo, apareció el borde del sol. Me bajé de la máquina para recuperarme. Me sentía mareado e incapaz de afrontar el viaje de vuelta. Mientras permanecía enfermo y confuso, volví a ver la cosa que se movía en el banco de arena —ya no había duda de que era una cosa que se movía— contra el agua roja del mar. Era una cosa redonda, quizá del tamaño de un balón de fútbol, o tal vez más grande, y de ella se desprendían tentáculos; parecía negra contra el agua roja como la sangre, y daba saltos irregulares. Entonces sentí que me desmayaba. Pero un terrible temor a quedar indefenso en aquella remota y horrible penumbra me sostuvo mientras subía al asiento.

«So I came back. For a long time I must have been insensible upon the machine. The blinking succession of the days and nights was resumed, the sun got golden again, the sky blue. I breathed with greater freedom. The fluctuating contours of the land ebbed and flowed. The hands spun backward upon the dials. At last I saw again the dim shadows of houses, the evidences of decadent humanity. These, too, changed and passed, and others came. Presently, when the million dial was at zero, I slackened speed. I began to recognize our own pretty and familiar architecture, the thousands hand ran back to the starting-point, the night and day flapped slower and slower. Then the old walls of the laboratory came round me. Very gently, now, I slowed the mechanism down.

«I saw one little thing that seemed odd to me. I think I have told you that when I set out, before my velocity became very high, Mrs. Watchett had walked across the room, travelling, as it seemed to me, like a rocket. As I returned, I passed again across that minute when she traversed the laboratory. But now her every motion appeared to be the exact inversion of her previous ones. The door at the lower end opened, and she glided quietly up the laboratory, back foremost, and disappeared behind the door by which she had previously entered. Just before that I seemed to see Hillyer for a moment; but he passed like a flash.

"Then I stopped the machine, and saw about me again the old familiar laboratory, my tools, my appliances just as I had left them. I got off the thing very shakily, and sat down upon my bench. For several minutes I trembled violently. Then I became calmer. Around me was my old workshop again, exactly as it had been. I might have slept there, and the whole thing have been a dream.

"And yet, not exactly! The thing had started from the south-east corner of the laboratory. It had come to rest again in the north-west, against the wall where you saw it. That gives you the exact distance from my little lawn to the pedestal of the White Sphinx, into which the Morlocks had carried my machine.

XV — EL REGRESO DEL VIAJERO DEL TIEMPO

«Así que volví. Durante mucho tiempo debí permanecer insensible, sobre la máquina. La sucesión intermitente de los días y las noches se reanudó, el sol volvió a dorarse, el cielo a ser azul. Respiré con mayor libertad. Los contornos fluctuantes de la tierra fluían y disminuían. Las manecillas giraban hacia atrás en los diales. Por fin volví a ver las tenues sombras de las casas, las evidencias de la humanidad decadente. Estas también cambiaron y pasaron, y otras llegaron. En ese momento, cuando el dial del millón estaba en cero, aflojé la velocidad. Empecé a reconocer nuestra bonita y familiar arquitectura, la aguja que indica los miles volvió al punto de partida, la noche y el día aletearon cada vez más despacio. A continuación las viejas paredes del laboratorio me rodearon. Muy suavemente, ahora, frené el mecanismo.

«Vi una pequeña cosa que me pareció extraña. Creo que les he dicho que cuando salí, antes de que mi velocidad fuera muy alta, la señora Watchett había atravesado la habitación, desplazándose, según me pareció, como un cohete. Al regresar, volví a pasar por ese minuto en que ella atravesó el laboratorio. Pero ahora todos sus movimientos parecían ser la inversión exacta de los anteriores. La puerta del extremo inferior se abrió, y ella se deslizó silenciosamente por el laboratorio, con la espalda por delante, y desapareció tras la puerta por la que había entrado anteriormente. Justo antes me pareció ver a Hillyer por un momento, pero él pasó como un rayo.

«Entonces detuve la máquina y volví a ver a mi alrededor el viejo y familiar laboratorio, mis herramientas y mis aparatos tal como los había dejado. Me bajé de la cosa muy temblorosamente y me senté en un banco. Durante varios minutos temblé violentamente. Luego me tranquilicé. A mi alrededor estaba de nuevo mi antiguo taller, exactamente como era antes. Podría haber dormido allí y pensar que todo hubiera sido un sueño.

«¡Y sin embargo, no era así exactamente! La cosa había partido de la esquina sureste del laboratorio. Había vuelto a posarse en el noroeste, contra la pared donde ustedes la vieron. Eso les da la distancia exacta desde mi pequeña parcela de césped hasta el pedestal de la Esfinge Blanca, al que los Morlocks habían llevado mi máquina.

«For a time my brain went stagnant. Presently I got up and came through the passage here, limping, because my heel was still painful, and feeling sorely begrimed. I saw the *Pall Mall Gazette* on the table by the door. I found the date was indeed to-day, and looking at the time-piece, saw the hour was almost eight o'clock. I heard your voices and the clatter of plates. I hesitated—I felt so sick and weak. Then I sniffed good wholesome meat, and opened the door on you. You know the rest. I washed, and dined, and now I am telling you the story.

«Durante un tiempo mi cerebro se estancó. Al cabo de un rato me levanté y atravesé el pasillo, cojeando, porque aún me dolía el talón, y me sentía sucio. Vi la *Pall Mall Gazette* en la mesa junto a la puerta. Descubrí que la fecha era efectivamente hoy y, mirando el reloj, vi que la hora era casi las ocho. Oí las voces de ustedes y el ruido de los platos. Dudé, me sentía tan débil y enfermo. Luego olfateé una buena y sana carne, y abrí la puerta. El resto ya lo saben. Me lavé y cené, y ahora les estoy contando la historia.

«I know," he said, after a pause, «that all this will be absolutely incredible to you, but to me the one incredible thing is that I am here to-night in this old familiar room looking into your friendly faces and telling you these strange adventures." He looked at the Medical Man. «No. I cannot expect you to believe it. Take it as a lie—or a prophecy. Say I dreamed it in the workshop. Consider I have been speculating upon the destinies of our race, until I have hatched this fiction. Treat my assertion of its truth as a mere stroke of art to enhance its interest. And taking it as a story, what do you think of it?"

He took up his pipe, and began, in his old accustomed manner, to tap with it nervously upon the bars of the grate. There was a momentary stillness. Then chairs began to creak and shoes to scrape upon the carpet. I took my eyes off the Time Traveller's face, and looked round at his audience. They were in the dark, and little spots of colour swam before them. The Medical Man seemed absorbed in the contemplation of our host. The Editor was looking hard at the end of his cigar—the sixth. The Journalist fumbled for his watch. The others, as far as I remember, were motionless.

The Editor stood up with a sigh. «What a pity it is you're not a writer of stories!» he said, putting his hand on the Time Traveller's shoulder.

«You don't believe it?»

«Well——»

«I thought not.»

The Time Traveller turned to us. «Where are the matches?» he said. He lit one and spoke over his pipe, puffing. «To tell you the truth... I hardly believe it myself.... And yet ...»

His eye fell with a mute inquiry upon the withered white flowers upon the little table. Then he turned over the hand holding his pipe, and I saw he was looking at some half-healed scars on his knuckles.

«Sé», dijo, después de una pausa, «que todo esto es absolutamente increíble para ustedes, pero para mí lo único increíble es que estoy aquí esta noche, en esta vieja habitación que me es familiar, mirando sus rostros amigables y contándoles estas extrañas aventuras». Miró al Médico. «No. No puedo esperar que usted me crea. Tómelo como una mentira, o como una profecía. Diga que lo he soñado en el taller. Considere que he estado especulando sobre los destinos de nuestra raza, y que he urdido esta ficción. Considere mi afirmación de su verdad como un mero golpe de arte para aumentar su interés. Y, tomándolo sólo como una historia, ¿qué le parece?».

Tomó su pipa y comenzó a golpear nerviosamente con ella los barrotes de la rejilla de la chimenea, como era su costumbre. Hubo un momento de silencio. Luego, las sillas empezaron a crujir y los zapatos a raspar la alfombra. Aparté los ojos del rostro del Viajero del Tiempo y miré a su público. Estaban a oscuras, y pequeñas manchas de color nadaban ante ellos. El Médico parecía absorto en la contemplación de nuestro anfitrión. El Editor miraba con atención la punta de su cigarro... el sexto. El Periodista buscaba a tientas su reloj. Los demás, por lo que recuerdo, se quedaron inmóviles.

El Editor se levantó con un suspiro. «¡Qué lástima que no sea usted escritor de historias!», dijo, poniendo la mano en el hombro del Viajero del Tiempo.

«¿No se lo cree?».

«Bueno...».

«Ya decía yo que no».

El Viajero del Tiempo se volvió hacia nosotros. «¿Dónde están las cerillas?», dijo. Encendió una y habló sobre su pipa, dando una calada. «A decir verdad... casi no me lo creo yo... y sin embargo...».

Su mirada se posó con una muda indagación en las marchitas flores blancas que había sobre la mesita. Luego giró la mano que sostenía su pipa y vi que se estaba mirando unas cicatrices a medio curar en los

The Medical Man rose, came to the lamp, and examined the flowers. «The gynæceum's odd,» he said. The Psychologist leant forward to see, holding out his hand for a specimen.

«I'm hanged if it isn't a quarter to one,» said the Journalist. «How shall we get home?»

«Plenty of cabs at the station,» said the Psychologist.

«It's a curious thing,» said the Medical Man; «but I certainly don't know the natural order of these flowers. May I have them?»

The Time Traveller hesitated. Then suddenly: «Certainly not.»

«Where did you really get them?» said the Medical Man.

The Time Traveller put his hand to his head. He spoke like one who was trying to keep hold of an idea that eluded him. «They were put into my pocket by Weena, when I travelled into Time.» He stared round the room. «I'm damned if it isn't all going. This room and you and the atmosphere of every day is too much for my memory. Did I ever make a Time Machine, or a model of a Time Machine? Or is it all only a dream? They say life is a dream, a precious poor dream at times—but I can't stand another that won't fit. It's madness. And where did the dream come from? ... I must look at that machine. If there is one!»

He caught up the lamp swiftly, and carried it, flaring red, through the door into the corridor. We followed him. There in the flickering light of the lamp was the machine sure enough, squat, ugly, and askew, a thing of brass, ebony, ivory, and translucent glimmering quartz. Solid to the touch—for I put out my hand and felt the rail of it—and with brown spots and smears upon the ivory, and bits of grass and moss upon the lower parts, and one rail bent awry.

The Time Traveller put the lamp down on the bench, and ran his hand along the damaged rail. «It's all right now,» he said. «The story I

nudillos.

El Médico se levantó, se acercó a la lámpara y examinó las flores. «El gineceo es extraño», dijo. El Psicólogo se inclinó hacia adelante para ver, extendiendo la mano para obtener un espécimen.

«Que me cuelguen si no es ya la una menos cuarto», dijo el Periodista. «¿Cómo vamos a llegar a casa?».

«Hay muchos taxis en la estación», dijo el Psicólogo.

«Es una cosa curiosa», dijo el Médico; «pero ciertamente no conozco el orden natural de estas flores. ¿Puedo cogerlas?».

El Viajero del Tiempo dudó. Luego, dijo de repente: «por supuesto que no».

«¿De dónde las ha sacado realmente?», dijo el Médico.

El Viajero del Tiempo se llevó la mano a la cabeza. Hablaba como quien intenta retener una idea que se le escapa. «Me las metió en el bolsillo Weena, cuando viajé en el Tiempo». Miró alrededor de la habitación. «Que me condenen si no desaparece todo. Esta habitación y ustedes y el ambiente cotidiano es demasiado para mi memoria. ¿Hice alguna vez una Máquina del Tiempo, o un modelo de una Máquina del Tiempo? ¿O todo es sólo un sueño? Dicen que la vida es un sueño, un precioso y pobre sueño a veces... pero no puedo soportar un sueño que no se ajuste. Es una locura. ¿Y de dónde viene el sueño?... Debo mirar esa máquina. ¡Si es que la hay!».

Cogió la lámpara con rapidez y la llevó, echando llamas rojas, a través de la puerta hacia el pasillo. Le seguimos. Allí, a la luz parpadeante de la lámpara, se encontraba la máquina, achaparrada, fea y torcida, una cosa de bronce, ébano, marfil y cuarzo translúcido y brillante. Sólida al tacto —pues extendí la mano y palpé la barandilla— y con manchas marrones sobre el marfil, y trozos de hierba y musgo en las partes inferiores, y una de las barandillas doblada formando una extraña forma.

El Viajero del Tiempo dejó la lámpara sobre el banco y pasó la mano por la barandilla dañada. «Ya está todo bien», dijo. «La historia que les

told you was true. I'm sorry to have brought you out here in the cold.» He took up the lamp, and, in an absolute silence, we returned to the smoking-room.

He came into the hall with us and helped the Editor on with his coat. The Medical Man looked into his face and, with a certain hesitation, told him he was suffering from overwork, at which he laughed hugely. I remember him standing in the open doorway, bawling good-night.

I shared a cab with the Editor. He thought the tale a «gaudy lie.» For my own part I was unable to come to a conclusion. The story was so fantastic and incredible, the telling so credible and sober. I lay awake most of the night thinking about it. I determined to go next day and see the Time Traveller again. I was told he was in the laboratory, and being on easy terms in the house, I went up to him. The laboratory, however, was empty. I stared for a minute at the Time Machine and put out my hand and touched the lever. At that the squat substantial-looking mass swayed like a bough shaken by the wind. Its instability startled me extremely, and I had a queer reminiscence of the childish days when I used to be forbidden to meddle. I came back through the corridor. The Time Traveller met me in the smoking-room. He was coming from the house. He had a small camera under one arm and a knapsack under the other. He laughed when he saw me, and gave me an elbow to shake. «I'm frightfully busy,» said he, «with that thing in there.»

«But is it not some hoax?» I said. «Do you really travel through time?»

«Really and truly I do.» And he looked frankly into my eyes. He hesitated. His eye wandered about the room. «I only want half an hour,» he said. «I know why you came, and it's awfully good of you. There's some magazines here. If you'll stop to lunch I'll prove you this time travelling up to the hilt, specimens and all. If you'll forgive my leaving you now?»

I consented, hardly comprehending then the full import of his words, and he nodded and went on down the corridor. I heard the door of the laboratory slam, seated myself in a chair, and took up

conté era cierta. Siento hacerles venir aquí con el frío». Cogió la lámpara y, en un silencio absoluto, volvimos a la sala de fumadores.

Entró en el vestíbulo con nosotros y ayudó al Editor a ponerse su abrigo. El Médico le miró a la cara y, con cierta vacilación, le dijo que sufría de exceso de trabajo, ante lo cual él se rió enormemente. Le recuerdo de pie en la puerta abierta, dando las buenas noches.

Compartí un taxi con el Editor. Le pareció que el cuento era una «mentira chillona». Por mi parte, fui incapaz de llegar a una conclusión. La historia era tan fantástica e increíble, el relato tan creíble y sobrio. Estuve despierto casi toda la noche pensando en ello. Decidí ir al día siguiente y volver a ver al Viajero del Tiempo. Me dijeron que estaba en el laboratorio, y como yo conocía bien la casa, me dirigí allí. El laboratorio, sin embargo, estaba vacío. Me quedé mirando durante un minuto la Máquina del Tiempo y extendí la mano para tocar la palanca. En ese momento, la masa, de aspecto achaparrado y contundente, se balanceó como una rama sacudida por el viento. Su inestabilidad me sobresaltó enormemente, y tuve una extraña reminiscencia de mi infancia, en la que se me prohibía entrometerme. Volví por el pasillo. El Viajero del Tiempo se encontró conmigo en la sala de fumadores. Venía de la casa. Llevaba una pequeña cámara bajo un brazo y una mochila bajo el otro. Se rió al verme y me dio un codazo para que lo estrechara. «Estoy terriblemente ocupado», dijo, «con esa cosa ahí».

«¿Pero no es un engaño?», dije. «¿Realmente viaja en el tiempo?».

«De verdad que sí». Y me miró francamente a los ojos. Dudó. Sus ojos vagaron por la habitación. «Sólo necesito media hora», dijo. «Sé por qué ha venido, y es muy bueno de su parte. Hay algunas revistas aquí. Si me espera para almorzar, le demostraré esta vez el viaje hasta el último detalle, con especímenes y todo. Si me perdona que lo deje ahora».

Consentí, apenas comprendiendo entonces todo el significado de sus palabras, y él asintió con la cabeza y siguió por el pasillo. Oí el portazo del laboratorio, me senté en una silla y cogí el periódico. ¿Qué iba a ha-

a daily paper. What was he going to do before lunch-time? Then suddenly I was reminded by an advertisement that I had promised to meet Richardson, the publisher, at two. I looked at my watch, and saw that I could barely save that engagement. I got up and went down the passage to tell the Time Traveller.

As I took hold of the handle of the door I heard an exclamation, oddly truncated at the end, and a click and a thud. A gust of air whirled round me as I opened the door, and from within came the sound of broken glass falling on the floor. The Time Traveller was not there. I seemed to see a ghostly, indistinct figure sitting in a whirling mass of black and brass for a moment—a figure so transparent that the bench behind with its sheets of drawings was absolutely distinct; but this phantasm vanished as I rubbed my eyes. The Time Machine had gone. Save for a subsiding stir of dust, the further end of the laboratory was empty. A pane of the skylight had, apparently, just been blown in.

I felt an unreasonable amazement. I knew that something strange had happened, and for the moment could not distinguish what the strange thing might be. As I stood staring, the door into the garden opened, and the man-servant appeared.

We looked at each other. Then ideas began to come. «Has Mr. —— gone out that way?» said I.

«No, sir. No one has come out this way. I was expecting to find him here.»

At that I understood. At the risk of disappointing Richardson I stayed on, waiting for the Time Traveller; waiting for the second, perhaps still stranger story, and the specimens and photographs he would bring with him. But I am beginning now to fear that I must wait a lifetime. The Time Traveller vanished three years ago. And, as everybody knows now, he has never returned.

cer él antes de la hora del almuerzo? De repente, un anuncio me recordó que había prometido reunirme con Richardson, el editor, a las dos. Miré mi reloj y vi que apenas podía salvar ese compromiso. Me levanté y bajé al pasillo para avisar al Viajero del Tiempo.

Cuando agarré el pomo de la puerta oí una exclamación, extrañamente truncada al final, y un clic y un golpe seco. Una ráfaga de aire giró a mi alrededor cuando abrí la puerta, y desde el interior llegó el sonido de cristales rotos cayendo al suelo. El Viajero del Tiempo no estaba allí. Por un momento me pareció ver una figura fantasmagórica e indistinta sentada en una masa arremolinada de negro y bronce... una figura tan transparente que el banco que había detrás, con sus hojas de dibujo, era absolutamente nítido; pero este fantasma se desvaneció cuando me froté los ojos. La Máquina del Tiempo había desaparecido. Salvo por el polvo que se iba disipando, el otro extremo del laboratorio estaba vacío. Al parecer, un cristal de la claraboya acababa de saltar por los aires.

Sentí un asombro desmedido. Sabía que había sucedido algo extraño, y por el momento no podía distinguir qué podía ser esa cosa extraña. Cuando me quedé mirando, se abrió la puerta del jardín y apareció el criado.

Nos miramos el uno al otro. Entonces empezaron a surgir ideas. «¿Ha salido el señor... por ahí?», dije yo.

«No, señor. Nadie ha salido por este camino. Esperaba encontrarlo aquí».

En ese momento lo entendí. A riesgo de decepcionar a Richardson, me quedé esperando al Viajero del Tiempo; esperando la segunda historia, quizá aún más extraña, y los especímenes y fotografías que traería consigo. Pero ahora empiezo a temer que deba esperar toda la vida. El Viajero del Tiempo desapareció hace tres años. Y, como todo el mundo lo sabe, nunca ha regresado.

EPILOGUE

One cannot choose but wonder. Will he ever return? It may be that he swept back into the past, and fell among the blood-drinking, hairy savages of the Age of Unpolished Stone; into the abysses of the Cretaceous Sea; or among the grotesque saurians, the huge reptilian brutes of the Jurassic times. He may even now—if I may use the phrase—be wandering on some plesiosaurus-haunted Oolitic coral reef, or beside the lonely saline seas of the Triassic Age. Or did he go forward, into one of the nearer ages, in which men are still men, but with the riddles of our own time answered and its wearisome problems solved? Into the manhood of the race: for I, for my own part, cannot think that these latter days of weak experiment, fragmentary theory, and mutual discord are indeed man's culminating time! I say, for my own part. He, I know—for the question had been discussed among us long before the Time Machine was made—thought but cheerlessly of the Advancement of Mankind, and saw in the growing pile of civilization only a foolish heaping that must inevitably fall back upon and destroy its makers in the end. If that is so, it remains for us to live as though it were not so. But to me the future is still black and blank—is a vast ignorance, lit at a few casual places by the memory of his story. And I have by me, for my comfort, two strange white flowers—shrivelled now, and brown and flat and brittle—to witness that even when mind and strength had gone, gratitude and a mutual tenderness still lived on in the heart of man.

EPÍLOGO

Uno no puede dejar de hacerse preguntas. ¿Regresará alguna vez? Puede ser que haya retrocedido al pasado y haya caído entre los salvajes sanguinarios y peludos de la Era de la Piedra sin Pulir; en los abismos del Mar Cretáceo; o entre los grotescos saurios, los enormes brutos reptiles del Jurásico. Incluso puede que ahora —si se me permite la expresión— esté vagando por algún arrecife de coral oolítico acechado por los plesiosaurios, o junto a los solitarios mares salinos de la Era Triásica. ¿O se adelantó en el tiempo, a una de las épocas más cercanas, en la que los hombres siguen siendo hombres, pero donde los enigmas de nuestro tiempo han encontrado sus respuestas y sus fatigosos problemas resueltos? Hacia la madurez de la raza: porque yo, por mi parte, no puedo pensar que estos últimos días de débiles experimentos, teorías fragmentarias y discordias mutuas sean realmente la época culminante del ser humano. Eso es por mi parte. Él, lo sé —pues la cuestión había sido discutida entre nosotros mucho antes de que se fabricara la Máquina del Tiempo—, no confiaba en el Avance de la Humanidad, y veía en la creciente pila de la civilización sólo un tonto amontonamiento que inevitablemente caería sobre sus creadores y los destruiría al final. Si esto es así, nos queda vivir como si no lo fuera. Pero para mí el futuro sigue siendo negro y vacío, es una vasta ignorancia, iluminada en algunos lugares casuales por el recuerdo de su historia. Y tengo junto a mí, para mi consuelo, dos extrañas flores blancas —ahora marchitas, y marrones y planas y quebradizas— para atestiguar que incluso cuando la mente y la fuerza habían cesado de existir, la gratitud y una ternura mutua seguían viviendo en el corazón del hombre.

Rosetta Edu

CLÁSICOS EN ESPAÑOL

Esperamos que hayas disfrutado esta lectura. ¿Quieres leer esta obra en ebook?

En nuestro Club del Libro encontrarás artículos relacionados con los libros que publicamos y la literatura en general. ¡Suscríbete en nuestra página web y te ofrecemos un ebook gratis por mes!

Recibe tu copia totalmente gratuita al unirte a nuestro *Club del libro* en <u>rosettaedu.com/pages/club-del-libro</u> o escaneando este QR code con tu dispositivo.

Rosetta Edu

CLÁSICOS EN ESPAÑOL

Una habitación propia se estableció desde su publicación como uno de los libros fundamentales del feminismo. Basado en dos conferencias pronunciadas por Virginia Woolf en colleges para mujeres y ampliado luego por la autora, el texto es un testamento visionario, donde tópicos característicos del feminismo por casi un siglo son expuestos con claridad tal vez por primera vez.

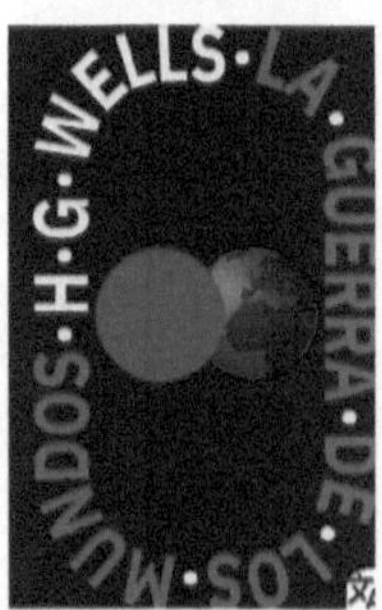

Basta pensar que *La guerra de los mundos* fue escrito entre 1895 y 1897 para darse cuenta del poder visionario del texto. Desde el momento de su publicación la novela se convirtió en una de las piezas fundamentales del canon de las obras de ciencia ficción y el referente obligado de guerra extraterrestre.

Otra vuelta de tuerca es una de las novelas de terror más difundidas en la literatura universal y cuenta una historia absorbente, siguiendo a una institutriz a cargo de dos niños en una gran mansión en la campiña inglesa que parece estar embrujada. Los detalles de la descripción y la narración en primera persona van conformando un mundo que puede inspirar genuino terror.

rosettaedu.com

Rosetta Edu

EDICIONES BILINGÜES

De Jacob Flanders no se sabe sino lo que se deja entrever en las impresiones que los otros personajes tienen de él y sin embargo él es el centro constante de la narración. La primera novela experimental de Virginia Woolf trabaja entonces sobre ese vacío del personaje central. Ahora presentado en una edición bilingüe facilitando la comprensión del original.

Durante décadas, y acercándose a su centenario, *El gran Gatsby* ha sido considerada una obra maestra de la literatura y candidata al título de «Gran novela americana» por su dominio al mostrar la pura identidad americana junto a un estilo distinto y maduro. La edición bilingüe permite apreciar los detalles del texto original y constituye un paso obligado para aprender el inglés en profundidad.

El Principito es uno de los libros infantiles más leídos de todos los tiempos. Es un verdadero monumento literario que con justicia se ha convertido en el libro escrito en francés más impreso y traducido de toda la historia. La edición bilingüe francés / español permite apreciar el original en todo su esplendor a la vez que abordar un texto fundamental de la lengua gala.

rosettaedu.com

www.ingramcontent.com/pod-product-compliance
Lightning Source LLC
Chambersburg PA
CBHW020820190726
48285CB00006B/2354